— 書き下ろし長編官能小説 —

巨乳ハーレムプール

羽後 旭

竹書房ラブロマン文庫

目次

この作品は、竹書房ラブロマン文庫のために
書き下ろされたものです。

第一章　美熟女とプールと初体験

1

窓の外からは強烈な陽が差し込んでいた。

九月だというのにまだ暑い。これでは残暑というよりも、まだ夏だ。

(涼《すず》しい屋内で、しかもスイミングプールでのアルバイトを選んで正解だったな)

水野《みずの》拓海《たくみ》は備品の整理をしながら、そう思った。

今年の春に大学へ入学し、ゴールデンウィークが終わったと同時に、このスイミングスクールで働いている。中学高校時代に水泳部だった自分には、ちょうど良いアルバイト先だった。

(といっても、インストラクターじゃないから、プールには入れないんだけどね……）

拓海が担当しているのは雑務全般、つまりはパシリのようなものである。インストラクターからこき使われることも度々あるが、飲食店でのアルバイトと比べれば、まだ楽なほうかもしれない。

（それに、なにより……）

ちらりとプールのほうへと目を向ける。

昼下がりのこの時間、レッスンを受けているのは妙齢の女たちばかりであった。いわゆるママさん教室である。

（みんな……エロいよな……）

自分と同年代の女にはないものが彼女たちにはある。

皆が皆、すさまじいほどの色気を放っているのだ。

（その中でも惹《ひ》かれてしまうのが……）

拓海は第一レーンにいる集団へと視線を向ける。
五、六人の集団の中に、特に目を惹く存在があった。
（泉《いずみ》さん……今日も本当にきれいというか、かわいいというか……意識せずにはいられないな）

白い肌にほっそりとした身体のライン。しかし、胸部の盛り上がりは主張が激しい。男の理想を具現化したような存在。それが泉円佳《まどか》だった。

彼女はいくつかあるレッスンのうち、初心者コースに所属している。このスクールに入会したのはつい最近、今月になってからである。

「じゃあ、皆さんでまずは十秒だけ水の中に潜りましょう。いいですか、三、二、一」

ベテランのインストラクターに促《うなが》され、円佳を含《ふく》めた集団が水中へと姿を消す。五回の手拍子の後、一斉に水中から戻ってきた。みな、はぁはぁと激しく呼吸を繰り返している。

「そうですそうです。まずは水に慣れることが大事ですよぉ」

インストラクターの言葉に、円佳がコクコクと頷《うなず》いていた。

水着に詰め込まれている巨乳がプルプルと弾《はず》んでいる。水に濡れて照り輝く生地と相まって、なんとも煽情的《せんじょうてき》だ。

(いかんいかん……あんなの見ていたら勃起《ぼっき》してしまう)

さすがにバイト中に欲情するわけにもいかない。誰かにバレたら大変だし、人によっては面倒くさいことになってしまう。

（しかし、泉さん……いいなぁ。ああいう人とお付き合いしたいよなぁ……）

歳は二十代の半ばといったところだろう。卵形の小顔は、水滴《すいてき》を球のようにして弾《はじ》いている。眉はきれいに手入れをされていて、くりっとした優しげな双眸《そうぼう》は左右で美しい対称を描いている。真っ白な肌は肌理《きめ》が細かく、柔らかさと弾力性を感じさせた。

（この時間のクラスにいるってことは、たぶん人妻さんだよな……もしかしたら、子どももいるのかな……）

側《そば》から見ていると、とてもそんなプロフィールを持っているとは思えない。自分よりもちょっと年上の美人、というのが第一印象だ。

作業の傍《かたわ》ら、ちょこちょこと彼女に視線を向けていると、気付かれてしまったのか、円佳と一瞬だけ目があった。

気まずくなって視線を逸《そ》らす。好意はともかく、邪《よこしま》な感情がバレるのはまずい。

「それじゃ、次は浦城《うらき》さん。はい、三、二、一」

今度は中央付近のレーンから、別のインストラクターの声がした。

カウントダウンのすぐ後に、バシャンと飛び込む音が響いてくる。視線を向けると、一人の女性が軽やかにクロールを披露《ひろう》していた。

（あっちは上級コースか。やっぱり上級者なだけあって、動きに無駄がないな。なん

だか水泳部時代を思い出すよ）

彼女は難なく二十五メートルを泳ぐと、水はねの少ないターンをして、飛び込んだ側へと戻っていく。そして、拓海がぼんやりしている間に五十メートルを泳ぎ切った。

水中から顔を上げてゴーグルを外す。瞬間、彼女の周りが華《はな》やいだものに変化したのを感じた。

（浦城さん、今日もきれいだな……なんというか、華美って感じだよなぁ）

多くのスクール生の中で、浦城絢葉《あやは》は特別な存在だった。まとっている空気が他の人間とはまるで違うのだ。

（少女マンガとかに出てくる淑女ってああいう感じだよな。やっぱりどこかのお金持ちの奥さんかな）

彼女には華やかさの中に凜《りん》とした気品があった。瓜実形《うりざねがた》の顔に柔和だが意志の強そうな瞳、彫りが深くて顔のパーツ一つ一つがはっきりしている。そして、身体のプロポーションは見事というより他なかった。三十代後半と思われる年齢なのに、身体にはたるみなどは見られない。

（腕や太ももは、ほどよくむっちりしているのに、ウエストは細い……一方でおっぱいは泉さんよりすごいかも……）

競泳水着の中にはたっぷりの乳肉を詰め込んでいた。よくよく見ると、すべては入りきらずに若干こぼれてしまっているようにも見える。

（あれだけのおっぱい、揉《も》んだらどんな感触なんだろうな……）

バイト中だというのに見とれてしまう。作業の手は完全に止まってしまっていた。

「おい、こら。鼻の下伸ばしてんじゃないわよ」

突然、背後から咎《とが》められ、軽く頭を叩かれた。

こんなことをしてくるのは一人しかいない。拓海は手で後頭部を隠しながら振り向く。

ニヤニヤしながら腕を組む女が一人立っていた。スクール生たちとは違う競泳水着を身にまとい、手にはバインダーを持っている。

「せ、瀬名《せな》さんっ」

瀬名柚希《ゆずき》。このスイミングスクールのインストラクターで、年齢は三十歳前後といったところか。

「ふふっ、バイト中だっていうのに、みんなの水着姿に欲情しちゃったの？　若いとお盛んなんだねぇ」

からかうような口調でずいっと顔を近づけてくる。切れ長でつり気味の双眸に見つめられた。

（わっ、近いってっ）

筋の通った鼻に薄めの唇、浅黒い肌と高い身長の、ボーイッシュな美人である。

すこし冷たさも感じるが、それはあくまでも外見上だけだった。

（瀬名さん、いっつもからかってくるんだよなぁ）

拓海のバイト初日から、柚希は積極的に声をかけてきた。

新人への気遣いというなら嬉しいのだが、問題は絡《から》み方が、からかいのそれなのだ。

「どうせお尻とかおっぱいとかを眺めて、触りたいなぁ揉みたいなぁとか思ってたんでしょ。今日、帰ったら家でシコシコするのかしらね、ふふふっ」

「そ、そんなことしませんよっ」

咄嗟《とっさ》に否定の言葉を叫ぶが、本当の答えはイエスである。最近の拓海のオナニーのオカズは、彼女たちの水着姿と、そこから想像する裸の姿だった。

（まったく……瀬名さんだって、口を開かなければめちゃくちゃ魅力的なのになぁ）

インストラクターをしているだけあって、身体は見事に引き締まっている。

おまけに、出るところはしっかりと出ているのだ。胸やお尻のボリュームは、気を抜くと見惚《みと》れてしまいそうになる。

（実は瀬名さんもオナニーのネタにしてますよ、なんて言ったらどんな反応するかな……ま、そんなこと、言えるわけがないけど）

気さくさが過ぎる人とは言え、明け透けに性的な話題は振れない。そもそも、ここは職場であって、拓海は末端のアルバイトなのだ。自分の代わりなどいくらでもいる以上、気を引き締めなければならない。

「なぁんだ。拓海くんって意外と草食なの？　エッチなことに興味はない感じ？」

柚希はいじってくるのをやめようとしない。

しかも、彼女はあろうことか、わざとらしく前屈みになって、豊かな乳肉を左右の二の腕で寄せ上げる。見ている方が赤面してしまった。

「ちょっ……みんな見てますよっ。やめてくださいよっ」

「お？　じゃあ、誰も見ていないところだったらいいってことかぁ」

「なんでそうなるんですかっ」

二人のやり取りに、近くにいたスクール生の何人かが視線を向けてくる。羞恥《しゅうち》プレイにも似た状況には、これ以上耐えられない。

「あははっ、冗談だよ、じょーだん。三十歳にもなって、十代の子を誘惑するなんて人としてヤバいでしょ」

満足したとばかりに胸を張って笑ってきた。

(まったく……少しは僕のことを気遣ってくれよ……)

自分ばかりが慌ててしまい、拓海としては少し面白くなかった。

「じゃあ、私は行くから。じゃあねぇ、お疲れさま〜」

柚希はそう言うと、バインダーをひらひらとさせて従業員専用の扉へと消えていった。

(あの人はいったい何なんだよ……僕は遊び道具じゃないんだぞ)

深くため息をつくと、視界の端にこちらを見つめる人影があった。

チラリと視線を向けてみる。まさかの円佳だった。

(い、泉さんっ)

先ほど以上の恥ずかしさが込み上げて、視線から逃げるように顔を逸らす。

(さっさと仕事を終わらせて戻ろう……なんでバイト先でこんな思いをしないといけないんだよ……っ)

柚希への恨み言を心の中で呟いて、拓海は手早く作業を再開した。

背後からもう一人が向けている視線には、気付く余裕はなかった。

2

バイトのない日。拓海は駅前を歩いていた。

拓海が住んでいるエリアは完全に住宅街だが、最寄り駅の周辺はそれなりの繁華街を形成している。遊ぶには物足りないが、買い物くらいならば一通りのものは揃えられるのだ。

(あとは……たまには本屋にでも入るか)

アーケードの商店群の中に、今では珍しくなってしまった個人書店があった。

たまには本でも読んでみようと思い、古びた店内へと脚を踏み入れる。

雑然と雑誌や本が並び、店の奥にはマンガが詰め込まれている。

とりあえず店内を一周してみようか。拓海は雑誌コーナーを横切ろうとした。

「あら、こんにちは」

突然、自分に誰かが挨拶をしてきた。驚いて声のしたほうへと振り向く。

(え、浦城さんだっ)

絢葉がにっこりと微笑《ほほえ》んでいた。手には女性ファッション誌を持っている。

「こ、こんにちは……」

（こんなところで会うなんて驚いたな……てか、浦城さん、僕のこと知っていたんだ）

　いくら同じスイミングスクールにいるとしても、拓海はスクール生たちと対面しているわけではない。故に、彼女が自分を把握《はあく》しているのが意外だった。

「名前はえっと……水野さんでしたよね。水野さんも何かをお買いに？」

「いや……何かが欲しいというわけではなく、なんとなく入ってみたというか……」

　女性慣れしていない拓海は、絢葉との他愛のないやりとりすら緊張してしまう。

　今、こうして見る彼女は、プールで見かける姿の何倍も華やかだ。花柄のワンピースもよく似合っている。

（なんてきれいなんだ……本当に美人で上品だな……）

　髪はセミロングでゆるくウェーブがかかっていた。普段はスイミングキャップを被《かぶ》っているので、彼女の髪型を見るのは初めてである。

「今日はバイトはお休みなんですか？」

「はい。なので、ちょっと街をぶらぶらしつつ、買い物でもしようかと……」

「じゃあ……この後にご予定とかは？」

「特にない……ですけど？」

拓海がそう言うと、絢葉はふふっと小さく笑う。どこか妖艶《ようえん》さを感じるのは気のせいだろうか。

「それじゃあ……せっかくだから少しお話しませんか？」

「えっ！」

思いがけない提案に、拓海の心臓が跳ね上がった。

(浦城さんとお話……二人っきりで？　そ、そんなこと……いいのか？)

期待と緊張とがない交《ま》ぜになる。

こんなきれいな人と話をするなど、今までの人生で経験したことがない。

しかも、彼女は人妻なのだ。左手の薬指にはしっかりとプラチナのリングが光っている。

(でも……断るのも申し訳ないよな……)

多少の罪悪感はあるものの、せっかくの厚意を無下にはできない。なにより、拓海の中である種のときめきのようなものを感じていた。

拓海は「それじゃあ」と言って、首を縦に振る。

「ふふっ、ありがとうございます。じゃあ、行きましょうか」

絢葉は微笑みを絶やさない。

そんな彼女に見惚れてしまいそうになりつつ、拓海は彼女と一緒に店を出た。

3

天井に、西日が波のように揺らいでいた。

それもそのはずで、実際に水面から反射したものである。

（どうしてこんなことになったんだ……）

たった一人、拓海はプールに浮かんでいた。

プールは十五メートルほどの長さがあり、幅は三レーンほど。プールサイドには木製のチェアーとテーブルが二組ほど置かれていて、テレビなどで見るリゾート地によくある代物だった。

これが個人所有だというのだから信じられない。泳ぐでもなく、プールの隅《すみ》で呆然とする。

（浦城さん、並大抵の金持ちじゃないだろ……）

書店を出た後、喫茶店へと連れられて、他愛もない話をした。

彼女はどういうわけか自分を気に入ってくれたようで、拓海も緊張しつつも楽しむことができた。

そして、なんと自宅に誘われてしまったのである。

思ってもみない僥倖《ぎょうこう》に、拓海は流されるままになってしまい、気づくとこのプールに浸《つか》っていた。

(なんかもう、敷地外から見る時点で家のスケールが違いすぎて、呆気《あっけ》にとられっぱなしだもんなぁ……)

高い塀に囲まれた敷地は、周囲の戸建十数軒分はあるであろう。

家の中は高級ホテルを思わせる内装《ないそう》で、青々とした芝生の広がる庭は、庭というよりは公園のようである。

そして、このプール。完全屋内のプールであるが、南向きの窓は一面がガラス張りで広い庭が良く見えた。開放感は申し分ない。

(はぁ……僕とは住む世界が明らかに違う。こんなお宅にひょいひょいと来てしまって……なんだか申し訳ない気分だよ……)

絢葉は好きに使って、などと言っていたが、とてもそんな気分にはなれない。

そして、もう一つ。拓海を居心地悪くしていることがあった。

（水着もなく、丸裸の状態でプールなんて……少しも落ち着けないよ）

拓海は水中で全裸だった。本来ならば隠さなければならないものが、今は水の中でむき出しになっている。

（水着がないなら全裸でどうぞ、って……浦城さんもすごいこと言うよな）

そもそも、他人の家でペニスを丸出しにするのがおかしい。ここはプールである以前に、絢葉の自宅なのである。

（違和感がすごくて、下手《へた》したら勃起してしまいそうだ……それだけは絶対に避けないと……）

こんなところで股間を怒張させれば、失礼にもほどがある。それだけは回避したかった。

しかし、ただでさえ敏感な股間には、水圧や水温すら刺激であった。ちょっと動くだけでペニスには違和感が生じてしまい、それを勘違いした本能が疼《うず》いてしまう。

（適当なタイミングでさっさと上がろう。一回潜って少し泳いだ体《てい》にして、もう上がってもいいのでは……）

そんなことを考えていると、突然、プールサイドのドアが開いた。

「あら、まだ泳いでいなかったんですか？」

意外だとでも言うように、絢葉が目を丸くしていた。

一方で、拓海は固まってしまう。瞬《また》きはおろか、呼吸すら忘れていた。

(浦城さん、なんて格好で来るんだよ……っ)

絢葉は水着を着けていたが、その水着が問題だった。

スイミングスクールで見る競泳用などではなく、白いビキニ姿だったのだ。

(おっぱいがビキニから大きくはみ出していて……これは水着が小さいからなのか、それとも浦城さんのおっぱいが大きすぎるからなのか……?)

本来あらば乳丘を隠すべき布地は、乳首とその周囲のみを覆《おお》っていた。たっぷりの乳肉はむき出しになっている。

よくよく見ると、下半身の切れ込みもえげつなかった。鼠径部《そけいぶ》は大きく露出《ろしゅつ》して、恥丘と女陰とをギリギリの状態で隠している。

「遠慮なんかしないで、思いっきり使ってください。二十五メートルないのは申し訳ないですけどね」

絢葉はそう言うと、さも当たり前かのように、滑らかな動きでプールの中へと入ってくる。

身体をかがめると巨乳がぷるんと柔らかく波打ち、水に入るとふわりと浮いた。

（もっと自分の身体に自覚を持って……って、なんで近付いてくるんだよ）

絢葉は微笑みながら、平泳ぎでこちらのほうへとやってくる。

徐々に近付いてくる彼女から、先までは感じなかった甘くて熱い雰囲気を感じた。

今までの人生でそんなものを受けたことはない。

「あ、あの……ちょっと、浦城さん……」

（マズいマズい……そんな格好で近付かれると……っ）

本能が彼女を女として認識してしまう。絢葉が放つ女の魅力は、あまりにも刺激が強かった。

結果、股間が急速に疼きを増してしまう。少しひんやりした水中で、ペニスはじわじわと肥大して、あっという間に鋭い角度を誇示してしまった。

「ふふっ、せっかくだから私も一緒に泳ごうかと思って。いつも一人で泳いでいるから、たまには誰かと……って思ったんですけど」

目の前までやってきた絢葉はそう言うと、チラリと水中に視線を落とす。

彼女の視線が勃起に注《そそ》がれた。それだけで肉棒は鋭く跳ね上がりを見せてしまう。

「ふぅん、なるほど……」

勃起したことに気付かれた。拓海の中で恥ずかしさと絶望とが広がっていく。いくら生理現象とはいえ、こんなものを親しくもない女性に晒《さら》していいわけがない。

(ああ、嫌われてしまう……怒られてしまう……っ)

せっかく絢葉のような美しい人と懇意になれるチャンスを逃してしまうのか。強烈な自己嫌悪に襲われた。

絢葉がさらに間合いをつめてくる。白い腕が伸びてきた。

(平手打ちされるのか……っ)

恐怖に顔を歪《ゆが》めて視線を落とす。

瞬間、彼女の手が股間へ近付いているのがわかった。

えっ、と思ったと同時に、白魚のような細指が剛直に絡みつく。

「うわっ、う、浦城さんっ……ううっ」

「硬い……それに、とっても熱い……あぁ……」

拓海の反応を無視するように、絢葉はしっかりと五本の指を巻き付けた。

続けて、ゆっくりとペニスを前後に擦過《さっか》してくる。

(浦城さん、なんで……っ？　ううっ、気持ちいい……っ)

自らでの手淫《しゆいん》しか快楽を知らない肉棒には、絢葉の手筒はあまりにも甘美すぎた。

細指は巻き付きながら吸い付いて、勃起の奥深くまでをダイレクトに刺激してくる。

手つきは自慰とは比べものにならないほどに丁寧で、まるで硬さと太さを確認しているかのようだ。

「こんなにガチガチにして……私なんかで興奮してくれたってことですか？」

いつの間にか絢葉の表情はすっかり蕩《とろ》けている。絶やさない微笑みに、卑猥《ひわい》さが滲《にじ》んでいた。少し垂《た》れ気味《ぎみ》の大きな瞳が、甘露《かんろ》に浸った豆のように濡れている。

「そ、それは……あぐっ」

言い淀んでいると、今度は両手を添《そ》えられる。片手はしっかりと肉棒を扱《しご》いてきて、もう片方の手で陰嚢《いんのう》を優しく揉まれた。

初めて感じる未知の愉悦《ゆえつ》に、勃起は激しい脈動を繰り返している。下手をすると、もう射精してしまいかねなかった。

「ああっ、ものすごくビクビクしてる……ますます硬くなってますよ」

ふふっと小さく笑う絢葉だが、微《かす》かに開いた唇からは熱い吐息を繰り返している。

女を知らない拓海であるが、本能で察知した。絢葉は間違いなく発情している。

(なんで僕なんかに……こんなエッチなことを……っ)

湧き上がる疑問は、与えられる淫悦《いんえつ》に霧散する。これほどの快楽を前にして、他のことを考えられる余裕などない。

悦楽に表情を歪《ゆが》ませながら、目の前の絢葉に視線を向ける。水面の真上にむき出しの乳肉があった。手淫で生まれた波に乗り、ふよふよと揺れている。

そして、あり得ない光景にドクンと心臓が跳ね上がった。

（水着が透けて……乳首が丸見えになってる！）

白い水着は生地が薄く、乳暈《にゅううん》の形どころか色まではっきりと確認できた。布面積の小ささからもしやと思ってはいたが、やはり実用的なものではないらしい。

「うふふ……水着に気付きました？」

卑猥さの滲んだ笑みを浮かべて、絢葉が胸を突き出してくる。水に濡れた乳肌の艶《あで》やかな輝きがたまらない。

「これはね……昔、私がいたずら心で買ったものなんです。結局、一度も使うことがなくて、衣装部屋の奥にしまいこんでいたんですが……拓海さんなら喜んでくれるか、と思って」

「ど、どうして……そんなものを僕に……？」

震えた声で尋ねると、絢葉が口元をニヤリとさせた。

ペニスを摑《つか》む手に少し力が加えられる。それだけで背筋が痺《しび》れて、情けない声が漏《も》れてしまった。

「どうしてって……ここまでしたら、私が何を考えているかわかるでしょ？」

美しい熟女《じゅくじょ》の顔は、完全に発情した女のものだ。漏れ出る吐息は熱さを増して、繰り返す間隔は徐々に短くなっている。

絢葉がぴたりと身体を寄せる。巨大な乳房が極上の柔らかさを伝えてきた。緩《ゆる》いウエーブを描く髪からは、嗅いだことのない華やかな香りが漂《ただよ》い、拓海の意識をクラクラとさせてくる。

(きれいでいい匂いで、柔らかくて気持ちよくて……うう、こんなの、もう我慢できそうにない……っ)

水圧をはねのけて、勃起が力強い脈動を繰り返す。限界はすぐそこだった。このままではすぐにでも射精してしまう。

「……まだダメですよ」

「うぐっ！」

絢葉が両手で肉棒をギュッと締め上げた。痛みを感じるほどの圧迫に、ビクビクと身体が震えてしまう。

「そんな簡単に射精しちゃダメです。お願いだから、もっと楽しませて？」

絡みつくような声色で卑猥に囁く絢葉。そんなことを言われては、なんとか耐えるしかない。

彼女はふわふわの乳房をさらに押しつけて、胸板に擦《こす》りつけてきた。

乳首が圧迫されたせいなのか、絢葉の身体がピクンと跳ねる。吐息の中に「あぁ」と煽情的な声が微かに混じり、それが拓海の耳朶《みみたぶ》を撫でてくる。

「ねぇ、水野さん……」

「は、はい……」

かすれた声で返事をすると、絢葉が顔を覗《のぞ》き込《こ》んでくる。

微笑みはひどく妖艶で、一目で心臓が跳ね上がった。

期待と緊張とが複雑に絡み合い、拓海の肌にじわりと汗をにじみ出させる。

「私としましょう？　エッチなことをいろいろと……ね？」

絢葉からの願いに、拓海は意識が遠くなっていくのを感じた。

4

なぜ彼女が自分との性行為を希望するのかはわからない。

そもそも、彼女は既婚者だ。喫茶店で交わした会話では息子までいるというではないか。

世間的には許されぬ不貞行為に、恐怖がないと言えば嘘《うそ》になる。

だが、そんな拓海の煩悶《はんもん》を絢葉の舌戯が封じてくる。

「はぁ、ぁ……水野さんの身体、立派ですね……んん……」

濡れた首筋を彼女の舌がゆっくりと滑っていた。

熱くて柔らかい粘膜に舐《な》められる感覚は、想像以上に気持ちがいい。多少のこそばゆさも相まって、ビクビクと身体は震えてしまう。

(舐められるのも気持ちいいけど、浦城さんの仕草が……ちらちらと向けてくる瞳がたまらない……っ)

絢葉は赤い舌を伸ばしつつ、時折こちらを見上げてくる。

蕩けた双眸は妖しく光り、熟女の発情ぶりをまざまざと見せつけてきた。本来ならば白い頬《ほお》が、うっすらとピンク色に染まっているのも煽情的だ。

「身体も引き締まってて素敵です……あぁ、私、どんどん興奮しちゃう……っ」

舌を滑らせながら、拓海の体軀《たいく》を撫でてくる。二つの卑猥な愛撫に本能の疼きは止まらない。

首筋から肩、腕、胸板と絢葉はねっとりと舐めてきた。肉棒はもちろんのこと、吐息も激しく震えてしまう。

「水野さん、プールサイドに腰かけてもらえますか？」

絢葉が傍らに視線を向けて促してくる。

(あそこに座れって……それじゃあ、チ×コが丸見えになるじゃないか)

一瞬だけ躊躇《ちゆうちよ》してしまう。卑猥な行為を始めたとはいえ、他人においそれと勃起を晒していいものなのか。

だが、彼女の瞳は熱を帯びていた。拓海の肉棒を求めているのは明白だ。そんな牝《めす》の昂《たか》ぶりを前にして、断ることなどできるわけがない。

拓海は言われるがまま水から上がると、彼女を向いて腰をかける。

「あぁ……やっぱりすごい。握ったときも思ってたけど、こうして見ると本当に……」

絢葉は拓海の膝に手をかけると、そびえ立つ肉棒を間近で観察し始める。

他人に肉棒を見られている。それも、女優顔負けの美しい熟女に。その女は発情して勃起を求めているのだ。

(うう、恥ずかしい……けれど、僕もどんどん興奮してしまう……っ)

浴びせられる視線に、勃起は大きな脈動で応えていた。ぽっかり開いた尿道口からは、トロトロと先走り汁を垂らしてしまう。限界まで肥大した肉幹には、いくつもの太い血管が浮き出ていた。

「こんなの見せられたら……はぁ、ぁ……もう我慢できない……」

両手で陰嚢から先端までを丹念に撫で回す絢葉が、感極まったかのように言う。

うっとりとした彼女の美顔が肉棒へと近付いてくる。

まさか、と思った瞬間に、それは現実のものとなる。パンパンに張り詰めた亀頭を絢葉が唇で包んでしまった。

「ううっ……浦城さん……あ、あぁっ」

絢葉は鼻で大きく呼吸をすると、一気に肉棒を飲み込んだ。

剛直すべてが口腔粘膜に包まれる。憧れていた淫《みだ》らな戯れは、想像をはるかに超える悦楽だった。たまらず勃起は激しい跳ね上がりを繰り返してしまう。

「んんっ……んふぅ、っ……はぁ、あっ」

息が詰まってしまったのか、絢葉が肉棒を吐き出した。はぁはぁと忙《せわ》しなく呼吸をし、唇から糸を引きながら涎《よだれ》を垂らす。

「本当に大きい……これで今まで何人の女の子を泣かせてきたの？」

「そんな経験ないですよ……僕、まだエッチの経験なんかないので……」

童貞であることのカミングアウトは、思いのほか恥ずかしかった。

そんな拓海に、絢葉の目が点になる。信じられないという顔だった。

「嘘でしょう？　私はてっきり、いろんな女の子とすごいことをしてきたんだろうって」

「なんでそんな風に思うんですか……」

(僕ってそんなにチャラい男に見えるのかな……？)

イケメンなどと騒がれることもなく、モテた自覚は一度としてない。恋人のいる同級生たちを羨ましく思った回数は数知れない。

そもそも、中学から高校までを水泳に費《つい》やしてきたのだ。恋愛をする余裕はなかったに等しい。

「ふぅん……じゃあ、このままだと、私が初めての女ってことになりますね」

絢葉の瞳がいっそう妖艶に輝いた。

拓海の心臓が大きく跳ねて、同時に勃起までもが強く脈動する。

(浦城さんで童貞を捨てられるなら……本望だっ)

初めての相手は恋人で、などというプラトニックさは持ち合わせていない。できることなら早く経験したかった。それが絢葉のような美熟女が相手なら、これ以上の幸福はない。

「してくれますか……私と初めてのエッチ」

肉棒を撫で回しながら絢葉が尋ねる。

答えなど決まっていた。

「お願いします……僕も浦城さんとしたいです……」

「うふふっ、ありがとう……それじゃあ……っ」

絢葉が卑猥な笑みをこぼすと、再び肉棒を飲み込んでくる。

一回だけゆっくりと絡みつくように往復した。拓海の太ももの裏から腕を絡めて、しっかりと固定してくる。

「私も……本気になっちゃいますね」

そう呟いた瞬間に、勃起の根元まで一気に唇を滑らせる。そのままの勢いで口淫を繰り出してきた。

「うあ、っ……浦城さんっ……うぐっ」

未知の法悦に全身が甘く痺れる。自然と腰が突き出てしまい、絢葉の喉奥《のどおく》に亀頭をねじ込んでしまう。

「んぐっ！　んんっ……んふぅ、っ」

しかし、彼女はペニスから離れようとはしなかった。拓海の腰を両手で掴み、爪を立ててしがみついてくる。

絢葉のストロークは止まらない。美しい髪を激しく揺らし、必死な様子で肉棒をしゃぶり続ける。ぽってりとした唇は唾液《だえき》にまみれ、大小の気泡を生み出しながら、顎からゆっくりと垂れ落ちる。

（ヤバい……このままだと出るっ、イかされる……っ）

巨大な絶頂が目の前に迫っていた。なんとか耐えようと肛門あたりに力を入れるが、与えられる悦楽のほうが圧倒的だ。

「浦城さんっ、ダメですっ、このままだと出ます、イっちゃいますっ」

切迫した声で訴えると、絢葉がニヤリと口元を綻ばせる。恐ろしいほどに卑猥な表情だった。

「いいですよ、このままイっても。私で思いきり出しなさい……っ」

絢葉は頬を窄《すぼ》めると、吸引しながら顔を振る。

じゅぷじゅぷと下品な粘着音を響かせて、寸分たりとて止まらない。つるりとした額に汗を滲ませて、前髪が何本も貼り付いていた。

（ああっ、もう無理だっ。イくっ、出るぅ！）

股間の奥底で欲望が爆発する。

衝撃で腰が跳ね上がり、絢葉の喉奥を直撃する。

瞬間、猛烈な勢いで白濁液《はくだくえき》が噴き出した。

「んぐっ！　んふっ……ぐぅっ！」

絢葉がくぐもった悲鳴を上げて、瞳に涙を浮かべていた。

腰を摑んだ手はギリギリと爪を立て、指先から腕までがビクビクと戦慄《わなな》いている。

（ううっ、まだ出る……ああ、腰が抜ける……っ）

いまだかつてない圧倒的な射精感に、拓海の意識が遠くなる。

その間にも勃起は脈動を繰り返し、大量の精液を放ち続けていた。

「んんっ、んぶっ……かはっ、はぁ、ぁ……っ」

耐えきれなくなった絢葉が肉棒を吐き出した。咳き込む口からは注いだ精液が垂れ落ちて、むわっとする精臭が湧き上がる。

生唾《なまつば》にまみれた剛直はなおも精を放ち続け、苦悶に歪む絢葉の顔面に降り注ぐ。

美しい柔和な顔が、牡《おす》の欲望に汚れてしまった。

（しまったっ。なんてことを……）

ようやく終わった射精の直後、拓海は眼下の光景に戦慄《せんりつ》した。

いくら本能に飲み込まれていたとしても、勝手にしていいことではない。

「ごっ、ごめんなさいっ。そんなもの顔にかけちゃってっ」

慌てながら謝罪をすると、絢葉はなおも咳き込み続けながら、ブンブンと頭を振った。少しして落ち着いたのか、はぁ、と大きく息をする。

「すごいいっぱい出してくれましたね……全部飲めなかった……ごめんなさいね」

そう呟く彼女の顔は、先ほど以上に淫蕩なものになっていた。

ぽってりとした唇は半開きになり、熱く湿った吐息を繰り返している。数粒の涙を流した瞳は、甘露に浸る宝石のように甘い輝きを放っていた。

頬や口周りに飛び散った精液が、ねっとりと彼女の肌を舐めるように流れている。

それらの光景が拓海の本能をダイレクトに刺激した。射精したばかりだというのに、股間へ血液が集中してしまう。

「……すごい……まだ大きくなってる」

絢葉が眼前の肉棒に目を瞠《みは》る。

一方の拓海は、自らの分身に信じられない思いだった。

(そんな……いつもはすぐに萎《な》えるのに)

こんなことは初めてだった。自慰のときは射精すればすぐに力を失うのだ。なのに、今は硬度も角度も射精前と遜色《そんしょく》がない。

「まだ出し足りないってことですね……うふふ、若いってすごい……」

絢葉がうっとりした表情を浮かべると、再び勃起に手を添える。

射精直後の肉竿は過敏な状態になっている。軽く触れられただけなのに、大きく根元から跳ね上がり、無意識に「うぐっ」と声が漏れてしまう。

「うふふ……いっぱい感じて……とことん気持ち良くしてあげますからね」

絢葉は陶酔した様子で肉棒を撫で回す。まるで愛《め》でるかのような手つきだった。

「まだ中から精液が滲み出てきますよ……んちゅ」

絢葉の唇が先端に密着する。そのままちゅうっと吸引された。

「うあ、あっ……浦城さん、今はまだ……あぁ、っ」

身体を仰《の》け反《ぞ》らせて声を上げるも、絢葉は淫蕩な笑みを浮かべるだけだ。

それどころか、再び亀頭を咥《くわ》えると、ゆっくりと勃起を飲み込んでしまう。まるで味わうかのような丹念なフェラチオに、拓海の総身が細かく震えた。

(浦城さん、エロすぎる……こんな人だったなんて……)

童貞の拓海は、まさか女の方から積極的に肉棒を求めてくるとは思いもしない。それも、淑女とも言うべき絢葉が、だ。

しかし、それで失望や幻滅などは感じなかった。むしろ、こんなにも美しい女が自分のペニスを求めてくれることが、どうしようもなく嬉しくて興奮する。

「水野さん、気持ちよさそう……ずっとおち×ちんも水野さんもビクビクしてますよ」

「はい……めちゃくちゃ気持ちいいです……さっきイく前よりもすごいです……」

拓海の言葉に気をよくしたのか、絢葉は肉棒を解放すると、今度は大胆に肉幹を舐めてくる。ねっとりと柔舌を滑らせて、側面や裏筋、さらには陰嚢までをも舐めてきた。

(いやらしすぎる……エロすぎる……そんな姿を見せられたらっ)

絢葉は確実に自らの卑猥さを見せつけている。肉棒を舐めまわしながら、濡れた瞳はしっかりと拓海を見つめていた。顔に付着した精液をそのままにしているのが、下品な魅力を放って仕方がない。

「水野さんのおち×ちん、本当に立派で素敵……ずっとしゃぶったり舐めたりしていたい……けれど」

絢葉はそう言うと、肉棒から口を離してしまう。

「お口だけじゃなくて……水野さんが好きなところも使って、気持ちよくしてあげますね」

艶然《えんぜん》とする絢葉が身体を起こし、豊乳を水から露出する。

見るからに柔らかそうな乳丘が、濡れて妖しく光り輝いていた。透けている乳頭は先ほどよりも尖っているように見える。

「ここでも感じてくれたら……嬉しいです」

絢葉が勃起を深い谷間の下から挟み込む。ふわふわの感触が悦楽となって、拓海の身体を震わせた。

(なんて柔らかさなんだ……これがパイズリってやつなのかっ)

たっぷりの乳肉に包まれて、男根が歓喜に戦慄きを繰り返す。谷間から覗く亀頭はパンパンに張り詰めて、水とは違う透明粘液で絢葉の白い肌を汚していた。

「はぁ、ぁ……本当に硬くて熱い……おっぱい、火傷《やけど》しちゃう……」

卑猥な空気に酔ったのか、絢葉の口調は舌足らずだ。

ゆっくりと乳肉が擦られる。勃起を包み込みながら、乳肌が肉幹と亀頭に吸い付いた。

(ああ、これヤバイ……おっぱいの柔らかさをチ×コで感じるって、とんでもなくエ

ッチでたまらない……っ）

快感はフェラチオや手淫の方が上であるが、肉棒が乳房に包まれているという絵面《えづら》があまりにも卑猥だ。勃起の脈動は激しくなり、乳肉を何度も叩いては乳肌を波打たせる。

「すごくビクビクしてる……ああ、かわいい……」

二の腕で乳丘を寄せながら、指先で亀頭をクリクリしてくる。

自らが漏らした先走り汁と、吹きかかる熱い吐息とで、肉棒には力が漲《みなぎ》る一方だ。

（なんてエッチな光景なんだ……さっき射精していなかったら、とっくに出ちゃっているよ）

絢葉の乳淫は寸分も止まらない。左右の乳房を交互に擦り、身体を上下させては扱《しご》いてくる。谷間は粘液にまみれてしまい、くちゅくちゅと卑猥な音を響かせていた。

「水野さん、どうですか？　こんな年増のおっぱいでも、気持ちよく感じてくれていますか？」

「はぁ、ぁ……気持ちいいです。それに、とんでもなくエッチで……たまらないです」

「ああ、嬉しい……いいんですよ、こんなおっぱいでいいのなら、好きに使ってぇ」

絢葉はそう言うと、拓海の両手を取って、乳丘を摑ませた。

ふわりとした柔らかさが手を包む。しっとりとした乳肌が吸い付いてきた。

（これがおっぱい……ああ、なんて触り心地だ。信じられないっ）

十八年の人生の中で、これほどまでに極上なものを手にしたことはない。

自らの肉棒を挟み込みながら、未知の柔らかさに酔いしれる。両脇からたっぷりと揉み込んで、肉棒へと押しつけ擦ってしまう。

「ああ、ぁ……おち×ちん、さっきよりビクビクしてます……はぁ、ぁ……んっ」

一方的に乳房を使われ、絢葉には被虐《ひぎゃく》めいた興奮が湧いているらしい。

蕩けた瞳はしっかりと肉棒を見つめていて、熱い吐息には時折甘い声が混じっている。

（浦城さんの乳首も見たい……見るだけじゃなく触りたいっ）

貼り付いた薄布の中へと指を忍び入れ、そのまま上へとずらしてしまう。

弾みでばるんっと音を立てるかのごとく、豊乳が大きく弾んだ。

「ああ、すごい……めちゃくちゃエッチだ……っ」

薄布の上からも思ったが、絢葉の乳輪は大きめだった。手の親指と中指とで作った円よりも少し広いくらいだろうか。

その中心部にある乳頭は、小指の先ほどのサイズで膨れている。まるで花開く直前のつぼみのようだ。

(迫力といやらしさがものすごい……浦城さんみたいな女性が、こんなおっぱいを隠していいただなんて……っ)

普段とのギャップに胸が震えた。女を知らない本能が、ますます加速してしまう。

拓海は目を血走らせながら双乳を凝視する。同時に左右の乳首に指を添え、きゅっとつまんだ。

「んあ、ああっ！　あ、ああっ、感じちゃう……はぁ、ぁんっ」

絢葉が首を仰け反らせ、甲高《かんだか》い声を響かせる。卑猥な声はプール内に反響し、状況の異常さを引き立てた。

拓海は乳頭を指の腹で転がしてみる。さらには乳輪を撫で回し、硬いつぼみを上下左右へと弾いてやる。

「ひあ、あんっ！　あ、ああ、はぁぅ！　そ、そんなにしちゃ……うぅんっ！」

絢葉の身体がビクビクと戦慄いて、水面を波立たせる。甘く甲高い嬌声とパチャパチャという水音とが合わさって、プールの中を淫猥な空気に染め上げた。

(ああ、ヤバイ……チ×コが勃起しすぎて痛いくらいだ……っ)

波打つ乳肉の中で、肉棒がせわしなく脈動を繰り返している。胸元の白肌は粘液がべっとりで、ペニスが跳ね上がる度《たび》に先端部分との間にねっとりとした糸を引いていた。

(ダメだ……もう入れたい……セックスがしたいっ！)

若い本能が限界を訴える。今すぐにこの美しくて卑猥な熟女が欲しかった。早く蜜壺を味わわなければ気が狂いそうだ。

「はぁ、ぁ……水野さん、もう私……いいですよね？」

絢葉も切迫した様子で言い、水から上がると同時に拓海を押し倒す。

巨乳が目の前でぶら下がり、柔肌と突起からいくつもの雫《しずく》を滴《したた》らせた。

「はぁ、ぁ……あぁ……もう無理です……これ以上、我慢できないですっ」

腰の側面にある結び目を解き、薄布を側へと投げ捨てる。

こんもりと盛り上がった恥丘の上に、手入れをされた薄めのデルタが現れた。

本当ならばしっかりと股間を眺めてみたい。しかし、煮えたぎった牡の本能を前にして、そんな余裕は微塵《みじん》もなかった。

「入れちゃいますから……水野さんの童貞、貰《もら》っちゃいます……っ」

剝《む》き出しの股間同士が接着し、ぬめった感触に互いが震える。

肉棒の裏筋に熱く蕩けたものを感じた。それが彼女の淫膜だと悟り、総身が甘く痺れる。

「ああ、硬ぃぃ……擦るだけでたまんないですぅ……っ」

肉棒の硬度を確かめるかのように、絢葉が腰を前後に揺する。

トロトロの粘膜が裏筋に絡みつき、それだけで果ててしまいそうだ。

(これだけでこんなに気持ちいいなんて……本当に入れたらどうなっちゃうんだっ?)

あふれ出た愛液で肉棒はすでにベトベトだ。粘膜同士が擦れ合い、ぐちゅぐちゅと下品な水音が響き渡る。

本能は加速する一方で、勃起の跳ね上がりも激しさを増していたが、それは絢葉も同じらしい。

「はぁ、ぁっ……入れる前からお腹が……アソコの奥がジンジンします……あ、あぁっ」

上品な顔立ちはすっかり締まりをなくしている。整った眉をハの字にし、牝の悦楽に飲み込まれていた。

腰を揺らすたびに豊乳がブルンブルンと大きく跳ねる。淫欲に染まった表情と合わせて、これ以上ないくらいに煽情的だった。

「ああ、ぁんっ……もう入れますよ、いいですよね」

拓海の返事を待たずして、絢葉が肉傘に膣口を引っかけてくる。

蕩けた媚肉《びにく》に亀頭全体が包まれた。瞬間、圧倒的な柔らかさに勃起が根元まで飲み込まれる。

「んあ、ああああっ！　あ、ああっ……おっきぃ……うぅんっ！」

若竿を求めた瞬間に、絢葉の全身が強張った。

豊乳を突き出す形で細かく震え、濡れた白肌を粟立《あわだ》たせている。

拓海にとっては初めての、直《じか》で見る女の絶頂だった。

しかし、そんな感動を覚える余裕は少しもない。

「うぐっ……気持ちよすぎて……ううっ」

ついに知った女の媚膜は、想像をはるかに凌ぐ快楽だった。

拓海は歯を食いしばり、絢葉の細腰や太ももを強く摑むことしかできない。

(チ×コがめちゃくちゃ熱くて柔らかいものに包まれて……ああ、うねったり絞《し》まったりしてくる……っ)

まるで意思を持った他の生き物のようだった。絢葉自身は硬直しているのに、蜜壺は勝手に収縮している。

(気を抜いたらすぐにイってしまう……っ。二回連続でみっともない姿は晒せないだろっ)

童貞とはいえ、男の意地というものがある。

拓海は熟膜の愉悦に抗《あらが》って、奥歯と尻に力を込めた。

5

若い威容に絢葉の理性は完全に打ち砕かれていた。

(すごい……奥まで押し広げられて……入れてるだけで何度もイきそうになっちゃう……っ)

三十八歳にして、初めて感じる圧倒的な法悦だった。出来心で誘ったはいいものの、まさかこんなことになるとは思いもしない。

(なんでこんなに感じるの……私が何年もセックスしていなかったから？　この年で女として見られることが嬉しいから？)

おそらく、そのどちらもが正解だし、他にも理由はあるのだろう。

絢葉は由緒正しい家柄で生まれ育ち、大学を卒業後にこの家に嫁《とつ》いできた。

屋敷ともいうべきこの家が象徴するように、夫は資産家の後継者で経済的には何の不自由も感じない。しかし、夫婦の間に愛というべき代物は微塵も存在していなかった。

（外に何人も愛人を作って、私のことはほったらかし。しょせんはそんな人生なんだって諦めていたけれど……）

スイミングスクールで初めて拓海を見た瞬間、胸の奥で何かが弾けた。レッスンを受けて数年経つが、こんなことは初めてだった。

（いい年して恥ずかしいけど、あれは間違いなく一目惚れだった……それからというもの、水野さんのことをチラチラと見てしまって……）

昔の自分ならば、振り向いてもらうために策略を練っていたであろう。

しかし、そんなことをするのはみっともない年齢である。自分は四十路《よそじ》が目の前で、彼はまだ二十歳にすらなっていない。

己の願望に拓海を付き合わせるわけにはいかない。自分の想いなど、彼にとっては迷惑でしかないはずだ。

（でも、本屋でばったり遭遇して……歯止めがきかなくなっちゃった）

日常の姿をした拓海は、絢葉にとってはあまりにも眩《まぶ》しくて魅力的だった。

もっと親しくなりたい。あわよくば触れあって、かりそめの男女関係に浸《ひた》りたい。

そんな願望を抱き、気付くと自宅に誘っていた。

(それにしても……本当に大きい……おち×ちんってこんなにすごかったかしら)

挿入の衝撃は未だに引かず、身体は細かく震え続けている。

蜜壺がうねっているのが自分でもよくわかった。ペニスに歓喜し、さらなる結合を求めている。

「うあ、ぁ……気持ちいいです……くぅ、っ」

眼下では愛《いと》しい青年が苦悶にも似た表情で呻《うめ》いている。もう射精が近いのか、蜜壺の中で剛直が力強い脈動を不規則に繰り返していた。

「これで童貞卒業ですね……うふふ、おめでとう……」

二度と男から求められることはないと思っていた聖域に、拓海の分身が埋まっている。牡の滾《たぎ》りを沸騰《ふっとう》させて、自分を牝として欲していた。

それだけで絢葉の情欲は燃え盛り、全身が熱くなる。

「水野さん……あ、あぁっ、はぁんっ」

強張りが緩んだのと同時、絢葉はゆっくりと下腹部を前後に揺らす。

あふれ出た淫液がぐちゅっと淫猥な水音を響かせた。

（ああっ、すごい……一番奥にゴリゴリッて擦れる……っ）

膣奥に密着する先端で媚肉が押しつぶされている。込み上げる愉悦は圧倒的だ。全身が甘く痺れて、思考と視界とがクラクラしてしまう。

「ああっ、浦城さん、今動かれたら……うぅっ」

拓海が声を震わせて、たくましい喉を反《そ》らしていた。初めて感じる淫膜は、彼には刺激が強すぎるのかもしれない。

だが、絢葉はもう止まれなかった。

「いっぱい感じてぇ……好きなだけ私のおま×こで気持ちよくなってぇ……っ」

はしたない単語すら、当たり前のように発してしまう。もう絢葉の意識は淫悦に飲み込まれていた。

（止まらない……止められないの。腰が勝手に動いて……もっと水野さんが欲しいって思っちゃうっ）

厚い胸板に手を置いて、絢葉は腰遣いを徐々に速める。

蜜壺は勃起でパンパンに満たされて、歓喜の蠕動《ぜんどう》を繰り返していた。肉棒が跳ね上がり、媚膜を叩いてくる感触もたまらない。

（私なんかでこんなに興奮してくれている……私に射精したいって本能が求めてくれ

ている……っ）

一回り以上も年の離れた若者に、こんなにも欲情されるのがたまらなく嬉しい。

喜びは牝欲へと昇華して、腰の動きをさらに激しいものにする。前後に揺するだけでなく、左右にも擦りつけ、やがてはのの字を描くように下腹部を回してしまう。

「浦城さんっ、それヤバイですっ、あ、ああっ」

「止まらないのぉっ、おち×ちん気持ちよすぎてっ、水野さんとのセックスが素敵すぎて、無理なのぉっ」

はしたない叫びを響かせながら、一心不乱に快楽を求めた。

肌を濡らすのは水ではなく汗になり、いくつもの雫を拓海やその周囲に飛び散らせる。

結合部からの水音はますます卑猥なものになり、白濁化した粘液が濃厚な淫臭を漂わせていた。

（もっと欲しいっ。もっと私に水野さんを叩き込まれたいっ。私のおま×こを水野さんでいっぱいにされたいっ）

蜜壺は隙間なく拓海に埋め尽くされているが、それだけでは物足りない。

彼の精液が欲しかった。口で受け止めたあの熱さと濃厚さを、直接聖域に注がれたい。身体の内部から拓海を感じたくて仕方がないのだ。

「水野さんっ、奥にちょうだいっ。もっと奥にいっぱい……っ」

蹲踞《そんきょ》の姿勢になって肉棒を媚膜で扱く。パチンパチンと濡れた肉同士が激しくぶつかり、細かく泡立った淫液が飛び散った。

(気持ちいいっ、気持ちいいっ！　ものすごく硬いのが奥にぶつかって……こんなのダメっ、おかしくなっちゃうっ！)

股間を打ち下ろすたびに、脳内で快楽が炸裂した。

この家にふさわしい淑女であろうとしてきたが、これほどの快楽の前では為《な》す術《すべ》などない。気品などとは真逆の下品ではしたない姿を晒してしまう。

「ううっ、浦城さんっ、ああっ！」

青年が愉悦に叫んだ刹那《せつな》、膣奥に巨大な衝撃が襲い来る。

拓海が腰を突き上げていた。最奥部に目がけて剛直を打ち込んでくる。

「ひぃ、ぃいっ！　それダメっ！　イヤっ、イヤぁあぁっ！」

あまりの喜悦に目の前がチカチカした。品のない叫び声を響かせて、激しく何度も首を振る。

「奥に欲しいんですよねっ。いっぱいあげますっ、めちゃくちゃ突きますからっ！」

息を弾ませながら宣言する拓海に視線を落とす。

向けてくる表情に牝の本能がゾクリと震えた。

(水野さんの視線がさっきと違う。これじゃ、まるで……っ)

荒ぶる獣のそれだと思った。牡欲をむき出しにして、絢葉を激しく貪《むさぼ》っているのだ。

(逃げられないっ、許してもらえないっ。私、このまま水野さんに犯されちゃう……っ)

恐怖は一瞬にして期待に上書きされた。

どうなってもいいと思えた。夫に見捨てられ、女としての価値を見出せなくなっていた自分には、僥倖以外の何物でもない。

「してぇ！　いっぱいしてっ！　ああっ、好きなだけ私を犯してぇ！」

拓海と同じく、卑猥な獣へとなり果てた絢葉の懇願が、屋内プールに木霊《こだま》した。

6

暴走する本能に拓海は身を任せていた。

淑女というべき年上の美女が、自らの肉棒で喘《あえ》ぎ狂っている。牡の矜持《きょうじ》が満たされて、どこまでも絢葉が欲しくて仕方がない。

（止められないっ……これがセックス。なんてすさまじいんだっ）

彼女の腰を両手で固定し、歯を食いしばって腰を突き上げる。

強烈に股間がぶつかるたびに、圧倒的な快楽が炸裂した。喘ぎではなく叫びと化した絢葉の嬌声も本能を激しく震わせる。

（おっぱいがブルブル揺れて……何から何までエッチすぎるよっ！）

汗に濡れたたわわな乳房が眼前で跳ねていた。左右それぞれの乳肉が振り子となって、パチュンパチュンと打擲音《ちょうちゃくおん》を響かせる。乳首はガチガチに膨れたままで、そのうち弾けてしまいそうだ。

（ああ、すごい……オマ×コだけじゃ足りないっ）

気づくと拓海は暴れ弾む乳房を摑んでいた。

腰を休むことなく突き上げながら、たっぷりの乳肉を揉みしだく。

汗でぬめる曲面とふわふわの中身の感触がたまらない。

「はぁ、あんっ！　おっぱいも……好きにしてくださいぃ！」

絢葉が甲高い声を響かせる。もはや彼女は完全な痴女と化していた。

（浦城さんをもっと狂わせたい。僕も彼女も、一緒にめちゃくちゃになればいいんだ

っ)

沸騰する獣欲が、普段ならばありえない考えを生み出してしまう。

汗まみれの身体に鞭《むち》を打ち、渾身《こんしん》の力で絢葉の下腹部を突き上げる。

パンパンに張り詰めた先端で蜜壺の底を押しつぶした。それに呼応するようにして、柔壁がキュウキュウと肉槍を締め付けてくる。

「ひあっ、ああっ！　うぅ……んあ、ああっ！」

人妻が濡れた髪を振り乱し、叫ぶことしかできない唇からは涎《よだれ》をこぼす。

まさに錯乱している状態だった。

「ああっ、乳首もこんなに大きくしてっ」

暴れ弾む乳房を摑み、はち切れんばかりに膨らんだ乳芽を吸った。

「ひぎっ！　乳首ぃ、そんなに吸っちゃ……あ、ああっ！」

吸うだけでなく、舌先で弾いては大胆に舐めまわす。

それだけで絢葉の上半身は大きく脈打ち、嬌声のトーンが一気にあがった。

(ああ、ヤバイっ。もう出る……これ以上は無理だっ)

欲望が下腹部で煮えたぎり、激しく渦を巻いていた。突き入れる男根が鋼《はがね》の硬さとなって忙しなく脈動する。

「ああっ、いいですよっ。もう我慢しないでっ。このまま……あ、あああっ、お願いい！」

絢葉の動きがさらに激しいものになる。射精の予兆に歓喜しているかのようだった。

（このままって……このままイったら中に……それだけはっ）

いくら拓海が童貞とはいえ、膣内射精が危険であることくらいはわかる。

彼女は自分のことを年増、だと言っていたが、妊娠するには十分な年齢だ。いくら性欲で暴走しようと、無責任なことはできない。

「浦城さんっ、ダメですっ。もう出ますからっ」

多少乱暴にでも絢葉を肉棒から引き剝がそうと、拓海は両方の腕を伸ばす。

しかし、彼女は腕を摑むと、自らの乳房を握らせた。

「ダメぇ！　抜かないでっ！　このまま出してっ！　私の中に出しなさいっ！」

命令口調を信じられない思いで聞く。冗談でもなんでもなく、絢葉は本気だった。

ドロドロになった結合部に、絢葉の全体重がかけられる。

膣奥が押し潰れて、子宮を圧迫しているのがわかった。

勃起を包んでいた淫膜が強烈な締め付けを与えてくる。決して離すまいとする本能に、拓海の理性はあっけなく崩壊した。

「ああっ、出る……出るっ！」

無意識に腰を突きあげた刹那、猛烈な勢いで牡液が噴出した。

二度目とは思えない大量の精液が、絢葉の熟《う》れた媚膜を焼いていく。

「ひあ、ああっ！　はあ、ぁっ、イくっ、イっちゃうっ、ああっ、精液でイっちゃうぅ！」

おとがいを天井へと向けて絶叫した後、絢葉の全身が鋭く跳ねる。

白い肌すべてが鳥肌と化し、小刻みに震えながら硬直した。

(ううっ、まだ出る……ああ、搾《しぼ》り取られる……っ)

射精に歓喜する淫膜が、もっと出せとうねっていた。あまりにも情熱的な収縮に、拓海は抗うことができない。

(初めてのセックスで中出しまで経験するなんて……でも、これ、気持ちよすぎる……ああ、まだ出る……っ)

今までに経験がないほどの長い射精だった。絢葉の蜜壺を子種液で満たしてしまう。

「ああ、ぁ……はぁ、ぁん……うう、ぅ……っ」

喜悦の頂点を漂っていた絢葉が、ようやく身体を弛緩《しかん》させる。

もはや身体を支えきれないのか、拓海の身体へと崩れ落ちた。豊乳をこぼしながら、荒々しい呼吸を繰り返す。熱い肌と吐息が、拓海の胸の奥を震わせた。

「お腹の中が熱い……です……はぁ、ぁ……幸せぇ……」

そう言ってだらしなく微笑むと、拓海の頬に両手を添えた。

流れるような動作で唇を重ねてくる。すぐに舌が割り入ってきて、ねっとりと口内を這い回った。

(ディープキスも気持ちいい……浦城さんとのエッチは、全部がたまらない……)

初めての口付けに感動するよりも先に没頭した。拓海の方からも舌を差し出し、絢葉の柔舌と絡め合う。

キスは徐々に激しさと濃厚さを増してきた。こぼれる唾液も構わずに、お互いの粘膜を貪り合う。

歳の離れた男と女は、その後も果てなく繋《つな》がり続けた。

第二章　褐色コーチの淫らな戯れ

1

雲一つ無い真っ青な空から、強烈な日差しが降り注いでいた。今日も残暑は厳しそうで、バイト後の帰宅を考えると憂鬱になる。

しかし、先週ほどの鬱屈さは感じない。理由はただ一つ。絢葉との度重なる情交だ。

（あの日から、絢葉さんと毎日のようにしちゃってるな……）

自宅のプールで交わったあとは彼女の寝室へと移動して、夜通し快楽を貪った。

それ以後、毎日のように絢葉の自宅に招かれては、膣奥に精を放ち続けている。夫は愛人宅に入り浸《びた》っているし、中学生になる息子は全寮制の学校に通っているとのことだった。清掃などをする使用人は午前中だけいるらしい。つまり、拓海と絢葉のセックスを邪魔する人間はいないのだ。

自分が、こんなにも性に爛《ただ》れた生活を送ることになるとは思いもしなかった。

(それに……まさか絢葉さんがこのスイミングスクールのオーナーだったなんてな)

ベッドでのピロートーク中に明かされた事実に驚愕した。彼女はここだけでなく、他にもいくつかの事業を展開しているらしい。実務は他の人間に任せていて、絢葉自身は株を所有しているだけという立ち位置だそうだ。

自分のスクールに通っているのは、単純に家のプールでは物足りないからだそうで、二十五メートルプールを何往復もするのが、彼女にとっては快感らしい。

(それが僕みたいな庶民には考えられないんだけどな……お金持ちって本当にすごいんだな……)

そんなことを考えながら、拓海はエントランスの受付に突っ立っていた。

今の時間はちょうどレッスンの最中だ。子どもたちが通ってくるにはまだ早く、ロビーには誰もいない。

有線から流れるクラシックのような音色《ねいろ》と涼しいエアコンの風とで、拓海は徐々に眠気を覚え始めていた。

(ああ……眠い。昨日も夜遅くまで絢葉さんとしたからな。やっぱり疲れが溜まっちやってるのかな……）

セックスのしすぎで疲労するなど、先週まででは考えられない。我ながらとんでもないことになったなと思いつつ、静かに大きなあくびをした。

「こらっ、何でっかいあくびしてるの」

背後から声をかけられると同時に、脳天に軽い衝撃を受けてしまう。

振り返るまでもない。日常と化した柚希からのちょっかいだった。

「いてっ。何も叩くことはないじゃないですか」

「受付にいてあくびをするのは流石《さすが》にダメでしょ。オーナーが見ていたら大目玉よ」

オーナー、の言葉にビクリとした。自分と絢葉の関係を知る者はいないだろうが、関係性が関係性なだけに、敏感に反応してしまう。

「ん？　何？　そんなにオーナーが恐ろしいのぉ？」

拓海の様子に柚希はニヤリとほくそ笑む。明らかに勘違いだというのは黙っておこう。

「じゃあ、私から告げ口しちゃおっかなぁ。水野拓海くんが仕事中に堂々とあくびした上に寝てましたって」

「寝てないですよっ、捏造《ねつぞう》しないでくださいっ。パワハラですよ、それっ」

拓海が慌てて言い返すと、柚希は愉快そうにあははと笑った。

気さくなお姉さんといえば聞こえはいいが、どうにも気さくさの度が過ぎる。

（一日一回はドキリとさせられることをしてきて……いい加減、身が持たないよ）

言葉のやり取りだけならまだしも、彼女は時折身体を使ってからかってくるのだ。

昨日だって丸くて張りのある大きな尻を、これ見よがしに突き出してきては、エッチだの痴漢だのとニヤニヤしながら言ってきた。

（僕のこと、童貞だと思ってバカにしてるんだろうな……まったく）

もし、自分がすでに童貞でなく、毎日セックスに溺れる日々を送っていると知ったら、どんな顔をするであろうか。さらに、その相手が絢葉だと知ったとしたら。

（いやいやっ。そんなこと、興味本位でバラしていいことじゃないっ）

自分はともかく、絢葉にはオーナーという社会的な立場がある。彼女を陥《おとしい》れることだけはできなかった。

「なぁに？　何か言いたいことがありそうな顔をして。……したいの？」

「うぇっ!?」

あまりにもストレートな言い方に、思わず変な声が出てしまった。

意地の悪い笑みを浮かべた柚希が、左右の二の腕で胸のふくらみを寄せてくる。従業員用のTシャツに深い縦溝が描かれて、無意識に視線が向いてしまう。

(瀬名さんのおっぱいも大きい。絢葉さんよりも張りが強い気がする)

毎日、絢葉の乳房を堪能《たんのう》したせいか、乳丘の違いは服の上から見ただけで、なんとなくわかるようになっていた。

アスリート体形の引き締まった体軀にたっぷりの豊乳は、絶妙なバランスの上に成り立っている。仮に脱いだら気が遠くなるほどに魅力的な身体をしているのだろう。

「……ふふっ、見すぎでしょ。エッチ」

口端を釣り上げて軽い調子で言ってきた。多少は恥ずかしさを感じたのか、頰がうっすらとピンク色になっている。

(見せつけてきたのはそっちのくせに……っ)

心の中で抗議すると、柚希は再び快活に笑った。

「さてと……私は別に水野くんにサービスしに来たわけじゃないの。仕事よ仕事」

「仕事なら、もうしていますけど?」

「あくびして突っ立ってただけじゃないの。手伝って欲しいことがあるのよ。ちょっと待ってて」

柚希はそういうと、受付裏の事務所に入る。

一分もしないうちに戻ってくると、その片手には工具ボックスがあった。

「それは？」

「実は女子シャワールームの一つが調子悪くてね。一度、シャワーノズルの中身を見ておきたいんだけど、女の力じゃなかなか外せなくて。だから、水野くんに外してほしいのよ」

柚希はさも当たり前のように言ってくる。

一方の拓海はギョッとした。

(女子のシャワールームって……そんなところに僕が入っていいのか？)

いくら柚希が帯同するとはいえ、利用者たちは気にするだろう。こちらとしても居心地の悪さを想像するだけで胃が痛くなりそうだ。

「今はレッスン中だから誰も来ないわよ。でも、ちんたらしてるとレッスンが終わっちゃうから、その時は変態犯罪者の烙印《らくいん》を押されちゃうかもね……ふふっ」

(それだけは何としても回避しないと……っ)

柚希はからかっているつもりだろうが、実際に起きてしまえば大変だ。せっかく見つけたバイト先で大問題を起こすわけにはいかない。

「わかりました。それじゃ、さっさと行きますよ」

「おお、やる気だねぇ。じゃあついてきて」

相変わらずニヤニヤする柚希に先導されて、拓海は受付を離れた。

2

アイボリー色の壁に統一されたシャワーエリアには、左右に個室シャワーが備えられていて、およそ二十個に仕切られていた。

「ここなの。なんか水の出が安定しないのよねぇ」

プールサイドからの入口と更衣室への出口の中間地点の個室を開けて、備え付けられた銀色のシャワーノズルを指さす。

「はぁ……とりあえず、ノズルの中をチェックしてみましょうか」

水の噴き出す部分は何本かのネジで留められていた。これを外せばいいのだろう。

(しかし、瀬名さん、なんでわざわざ水着に着替えるんだ……？)

さっきまで短パンにTシャツという装《よそお》いだったのに、今の柚希はレッスン時の水着を着用している。受付を出た後に、「どうせなら着替える」といって、さっさと着替えてきたのだ。

（今日は確か、夕方までレッスンはないはずなのに……修理中に濡れると思ったのかな）

なんとなくバカにされている気がして面白くない。これでも手先は器用なほうだった。

（しかし……ムカつくけど、瀬名さんの身体はきれいだな……）

傍らで見守る柚希に視線を向けてしまう。

小麦色の肌は張りがあって瑞々《みずみず》しい。仕事柄、毎日泳いでいるだけあって、全身が引き締まっていた。

一方で出るところはしっかりと出ている。胸の膨らみはもちろんのこと、まろやかな丸みを描くヒップなどは、まるでグラビアアイドルを思わせるものだ。

（これで性格がもう少し穏やかというか、大人しかったならなぁ……）

そんなことを言えば、からかいや冗談などではなく、本気で怒られてしまうであろう。整ってはいるが気の強そうな顔立ちなので、激怒したときの表情は恐ろしいに違いない。

「……二人きりになった早々、ずいぶんといやらしい目を向けてくるじゃない？」

柚希が腕を組みながらニヤリとした。水着に包まれた乳房が持ち上げられて、そのボリュームを訴えてくる。

「そ、そんなことないですっ」

拓海は視線を逸らして、しどろもどろで返答した。言い当てられたところで「はい、そうです」などと言えるはずもない。

「ふぅん……」

まったく信用していない様子の柚希が、なぜか個室シャワーに入ってくる。続けて扉を閉めてしまい、さらには鍵までかけてしまう。

何か嫌な予感がした。

「いい加減、女に慣れたらいいのに。もう童貞じゃないんでしょう？」

「えっ……な、なんでそういうことを……？」

予想だにしない言葉に固まった。自分を童貞だと思って遊んでいたのではなかったのか。

拓海の様子を柚希は意味深に見つめてくる。浮かべている微笑みは、明らかに良からぬことを考えているものだった。

「ふふっ……バレてないとでも思ってたの？　水野くんとオーナーの関係」

言われた瞬間に戦慄した。あまりの驚きで言葉すら出てこない。

（なんで知ってるんだ……誰にもあんなこと、言ったことなんてないのに）

初めて交わった時以外、絢葉と会うのは彼女の自宅だけである。スイミングスクールで顔を合わせても、他の人たちと同じように形式的な挨拶をするだけだ。

「オーナー、とっても素敵な人だものね。肌が白くて温和な雰囲気で、私よりもおっぱいがおっきくて……」

柚希はそう言いながら、じりじりと拓海に詰め寄ってくる。

狭い個室内に逃げ場などない。あっという間に壁際に追い込まれ、息がかかるほどの近さで顔を覗き込まれる。

「あ、あの……絢葉さんとはその……」

「ふぅん、オーナーでも浦城さんでもなく、絢葉さんって呼ぶのね。ずいぶんと深い関係になってるじゃないの」

的確に揚げ足を取られては為す術などない。

拓海は観念し、壁に寄りかかって脱力した。

「そのことは……瀬名さん以外にも知ってるんですか？」

「うーん、たぶん、私だけが知ってるんじゃないかな」

「それじゃあ……お願いです。絢葉さんとのことは、誰にも言わないでください……

どうかお願いします」

絢葉とのことが施設じゅうに知れ渡ったら、大変なことになる。自分はここには居られなくなるし、何より絢葉にまで迷惑がかかるだろう。それだけは避けたかった。

「でもねぇ……バイトの子がスクールの人間と、しかも経営者と身体の関係になったなんてのを、見逃せっていうのも虫のいい話じゃないの？」

柚希の言葉はもっともだ。しかも絢葉は既婚者なのだ。夫婦関係の善し悪しは関係なく、れっきとした不貞行為であり、その責任の一端は自分にもある。

「うう……」

どうしていいのかわからなくなり、拓海は情けなく俯《うつむ》いた。

欲にかまけてきた贖罪《しょくざい》を、こんな形で求められようとは。

「水野くん、顔を上げて……？」

柚希の声色はなぜか優しい。というよりも、どこか甘さが含まれていた。

妙な違和感を覚えていると、彼女の両手が伸びてくる。自分を囲うようにして、傍らの壁へと手をついていた。

「ねぇ、取引しようよ？」

「……取引？」

拓海が震えた声でオウム返しをすると、柚希はゆっくりと頷いてくる。

続けて、そっと首を伸ばしてきた。やたらと潤《うる》んだ唇が耳元へと寄ってくる。

「オーナーとのこと、誰にも言わない。その代わり……」

はぁ、と柚希が吐息で耳朶を撫でてくる。その熱さと湿り気に、たまらずゾクリと身震いした。

同時に直感でわかってしまう。絢葉から何度も感じたものと同じだった。

彼女は今、発情している。

「その代わり……私のことも抱いて。今すぐ、ここでエッチして？」

あまりにもストレートな提案に、拓海は目を見開くしかなかった。

3

(僕にエッチしろって？　瀬名さんが？　どうして……っ？)

柚希の魂胆がまったく理解できなかった。

彼女は逐一自分にちょっかいを出してくる。中には性的なものもあり、胸や尻を見せつけるように強調してくるのもよくあることだ。

だが、今の彼女からはふざけた様子は微塵もない。先ほどまでのニヤニヤしていた表情はすっかり消えて、どこか心細そうな女の顔へと変貌している。

男心をくすぐる表情に、拓海の心臓は鼓動を一気に速めてしまう。

「拒否しないよね？　したら大変なことになっちゃうし、それに……」

絡みつくような甘ったるい声で囁きながら、柚希が身体に触れてくる。

Tシャツの中に手を忍ばせて、ゆっくりと胸板から脇腹を撫でられた。がさつな印象の彼女からとは思えないほどの丁寧《ていねい》でゆっくりな愛撫に、たまらず声を漏らしてしまう。

「私の身体をしょっちゅうエッチな目で見てた……おっぱいやお尻に脚とか……おま×こだって想像していたんじゃない？」

明《あ》け透《す》けな発言に、言われるこっちが赤面してしまう。事実、彼女の言うとおりだった。絢葉と関係する前までは、柚希もオナニーのネタにしていたのだ。

(瀬名さんとセックスはしたいけど……でも、こんなところでなんて……誰かが来たら、それこそ大変なことになっちゃうじゃないか)

いくら今がレッスン中とはいえ、誰かが来ないとも限らない。扉のアクリル板はスモークになってはいるが、目をこらせば何をしているかはわかってしまうであろう。

そんな拓海の心配をよそに、柚希は身体を撫でる手を止めない。ついには両手を使って背中を撫でて、ぴったりと身体を重ねてくる。

「水野くんの身体、しっかりしているわね……さすがちょっと前まで水泳していただけのことはあるわ……」

柚希の視線は熱を帯び、半開きの唇からは湿った吐息を繰り返している。肌理《きめ》の細かい浅黒い肌がエロティックな輝きを放っていた。

股間にはすっかり血流が集まっている。弓なりと化した勃起が、たまらず大きく跳ね上がった。

「……ふふっ、私相手でもこんなにおっきくしてくれるんだ？」

蠱惑的《こわくてき》に小さく笑うと、つつっと指先を滑らせる。脇腹を通り、腹部を通り、きれいに手入れをされた爪先が、テントの頂点に触れてきた。

「うぐっ……そ、そこは……ああっ」

官能に呻きを上げると、すぐに盛り上がり全体を摑まれた。強すぎず弱すぎずの絶妙な力加減で、いきり立つ肉棒を揉んでは扱いてくる。

「うわぁ……めちゃくちゃ硬い……短パン越しでも熱いのがよくわかるよ？」

柚希の艶《つや》やかな声色にゾクリとする。彼女のこんな声を聞くのは初めてだった。

いけないと思うのに、本能が理性を無視してしまう。柚希の手淫に歓喜して、ビクビクと何度も跳ね上がりを繰り返していた。

「こんなにビクビク、ドクドクさせて……水野くんったら本当にエッチなんだから」

柚希が耳元で囁くと、そのまま首筋に舌を這わせてきた。

蕩けるような舌の柔らかさと熱い唾液が肌に染みてくる。それだけで煩悩は沸騰し、股間に欲望が集中してしまう。

「こんなに大きくしたら苦しいでしょう？　もう楽になろうね……？」

盛り上がりから手を離し、短パンの腰ゴムを摑んでくる。

「水野くんのおち×ちん、先に私に見せて……？」

パンツごと摑まれて、いっきに引きずり下ろされた。

圧迫から解放されて、ペニスが勢いよく飛び出てしまう。

(こんなところでチ×コを出すなんて……僕、今とんでもないことしてるよな)

良心と理性に苛《さいな》まれるも、牡としての本能は抑えられない。

威容は存在を誇示するかのように大きく脈打ち、その硬さと形とを卑猥な年上美女に見せつけた。

「はぁ、ぁ……すごいじゃないの。こんなに太くて大きいんだ……」

肉棒を見下ろした柚希が陶酔したようにため息を吐く。ただでさえ潤んでいた瞳はすっかり蕩け、頬の色は朱色が濃くなっていた。

「すみません……こんなもの見せちゃって……」

「何言ってるの。とっても立派で素敵じゃない……あぁ、ぁ……」

褐色の細い指が肥大した肉棒に絡みついた。

唐突に湧き上がった愉悦に、たまらず腰から跳ね上がる。

「そんなにビクビクしちゃって……ふふっ、前から思っていたけど、水野くんったらかわいいんだから……」

そう呟く柚希の様子は、からかう時とはまったく違う。本心からの言葉だと悟り、拓海は恥ずかしくなってしまった。

「ねぇ、キスしましょう……？」

唇同士が触れるかという距離で尋ねてくる。甘ったるい吐息に意識はクラクラしてしまい、無意識にコクリと頷いた。

すぐに彼女が唇を重ねてくる。グロスを塗《ぬ》っていたのか、柔らかい唇はやけに瑞々しく濡れていた。

「んんっ……んちゅ、ふぅ……」

リップの心地よさに耽溺していると、柚希の方から舌を滑らせてくる。

たっぷりの唾液を纏《まと》った舌が艶《なま》めかしく動いて、拓海の口内を求めてきた。

(瀬名さんのキス、なんて気持ちいいんだ……すごく上手《うま》い……)

絢葉との口づけもたまらないが、柚希とのキスはその上をいく心地よさだった。まさに極上といっていいだろう。

舌の動きにつられて、拓海も自らの舌を差し出してしまう。すぐに柚希が絡みつき、甘い唾液を流し込まれた。

「んあ、ぁ……もっと絡めて？　もっと一緒にくちゅくちゅして……？」

柚希はそう言って、さらに舌を奥へと伸ばしてくる。口腔内を味わうかのような動きは、激しさはないがその分濃厚だった。

絡められた舌は彼女の口内へと導かれ、舐めるようにと促してくる。

自分がされたことを柚希にもしてみると、浅黒い身体がビクビクと震え始めた。

「はぁ、あっ……そう、もっとして……ああ、上手ぅ……」

片手で拓海のTシャツにしがみつき、ググッと乳房を押してくる。

摑んでいたペニスをゆるゆると擦過《さっか》して、漏れ出た先走り汁を勃起全体に塗りたくってきた。

（ううっ、キスもおっぱいもチ×コも全部が気持ちよすぎて……こんなの我慢できないよっ）

下手をするとすぐにでも射精してしまいそうだった。すでに剛直はパンパンに肥大して、柚希の手の中で力強い脈動を繰り返している。

「まだ出しちゃダメだからね？　童貞でもないんだから我慢して？」

クチュクチュと唾液をかき混ぜながら柚希が言う。二人の口元はすでにベトベトで、ぬめった感触が劣情を煽《あお》っていた。

柚希の瞳はトロンとして、淫欲の鈍い光が揺らいでいる。唇の隙間から漏れる呼吸は激しくなって、熱と湿り気は相当なものに変化していた。

（我慢してって言われても……瀬名さんがエッチすぎるんだよっ）

いつもからかってきては軽い調子の柚希が、こんなにも女の本性を表すとは。

普段抱いている彼女への苦手意識や不満などは露《つゆ》と消え、さらけ出す牝の魅力に陶酔してしまう。

「はあ、ぁ……水野くんだけがおち×ちん出すのは不公平だよね。お互いに見せるところは見せないといけないよね……」

ようやく唇を離すと、柚希は誘うような瞳を向けてくる。

じっとりと汗の浮かんだ小麦色の肌に、コーチ用の競泳水着が貼りついていた。普段は見慣れた水着姿が、この時ばかりはやけに卑猥に見えてしまう。

「見せてあげるね……気に入ってくれるかはわからないけど……」

なめらかな肩から薄布を外し、一気に腹部まで引き下ろす。

詰め込まれていた豊乳が弾けるように飛び出てきた。

(うわぁっ、なんてきれいなおっぱいなんだ……っ)

乳房の美しさに圧倒された。たわわな乳肉は少しも垂れてはおらず、大きな釣鐘形を描いている。

表面を覆う肌には張りがあり、若干褐色がかっていた。その頂点では五百円玉くらいの乳暈が広がっていて、小指の爪ほどの乳首がぷっくりと膨らんでいる。

(ネットで見るヌードグラビアみたいだ……本当にこんなおっぱいを持ってる人がいるんだ……っ)

現実感のなさに目眩《めまい》がした。こんなにも美麗な乳房を自分に差し出してくれるなどとは、夢にも思わない。

「その様子だと、私のおっぱいを気に入ってくれたみたいだね……ふふっ、良かったぁ」

柚希が漏らした安堵のため息は震えていた。キャラメル色の肌が細かく戦慄き、ぷるんと豊乳が重そうに揺れている。

「そんなの当たり前じゃないですか……ああ、本当にすごいおっぱいです……」

「いいのよ？　好きに触っても……？　水野くんの好きにして欲しいから、こうやっておっぱい晒したんだしね……？」

柚希が甘く囁きながら、ググッと乳房を突き出してくる。

肌理の細かい乳肌は、滲み出た汗で鈍く照り輝いていた。石けんの香りなのか彼女の体臭なのか、爽やかな芳香がふんわりと漂ってくる。

（触っていいんだよな？　揉んでいいんだよな……っ？）

ドクドクと心臓が激しく鼓動を響かせる。褐色美女の肉体に意識は完全に支配されていた。

震える指先を乳丘に伸ばしていく。大きなカーブを描く下乳にそっと手のひらを重ねてみた。そのまま慎重に乳房を持ち上げる。

「ん、ぁ……はぁ、ぁ……」

柚希の唇からかすれた甘い声が漏れてきた。瞳を細めてうっとりする様《さま》は、あまりにも煽情的だ。

（柔らかい……それにすごくぷりぷりしてる……このおっぱいすごい……っ）

乳房の揉み心地は衝撃的だった。乳肉は柔らかくてどこまでも指が沈み込むのに、しっかりと跳ね返してくる。みっちりと肉が詰まっているというべきだろうか。

「瀬名さんのおっぱい、たまらないです……ああ、揉んでるだけで気持ちいい……」

「はぁ、ぁ……もっと揉んでいいんだよ。好きなように……あぁ……」

柚希がおとがいを上げて、細い喉をさらけ出す。愉悦を感じている彼女の姿に、劣情の肥大化は止まらない。

触れるだけでは飽き足りない。柚希の身体をもっと堪能したかった。

拓海は乳房を揉みこみながら、さらけ出された首筋に舌を這わせる。

「あ、ああっ……それ、気持ちいい……うぅ、んっ」

漏れ出る声のトーンを高め、柚希の脚がぷるぷると小刻みに戦慄いた。

（スベスベしてる……舐めるだけでこんなに反応してくれるなんて……）

舌を滑らせるたびに、柚希はすぐに反応し、身体の震えと吐息は大きくなっていた。

肥大する興奮に身を任せ、首筋だけでなく肩や腕まで舐めてしまう。どこに舌を這わせても気持ち良く、ますます柚希が欲しくなって仕方がない。

「ねぇ、おっぱいも……はう、ぅ……おっぱいも舐めてぇ……」

柚希は切なく訴えると、乳房を脇から持ち上げる。寄せ集められた乳肉がむにゅっと盛り上がり、刻まれた深い谷間に拓海は吸い寄せられてしまう。柔らかいカーブをゆっくりと舌でなぞっていく。乳肌に浮かぶ汗は媚薬となり、拓海の本能を加速させた。

「ああ、瀬名さん……っ」

頂点にたどり着き、乳暈を口に含んだ。

瞬間、柚希の身体が鋭く跳ねる。

「ひぁ、あんっ……そう、舐めて……あ、ああっ」

言われると同時にねっとりと舐めまわす。乳暈を丹念になぞって、硬い乳芽を舌先で軽く弾いた。

「んひ、いっ！　ああ、感じちゃう……気持ちいい……っ」

乳首を粘膜で愛撫するたびに、柚希の身体は反応を大きくしていた。

拓海のTシャツを握る手には力が入り、褐色の腕が不規則に細かく震えている。

ついには拓海の後頭部を摑んでしまうと、ぐぐっと乳房に顔を引き寄せた。

（おっぱいに顔が覆われて……苦しいけど、気持ちいい。なんて幸せな感覚なんだ……っ）

息苦しさ以上に興奮が昂ぶっていく。軽く乳首を舐めただけでこれなのだ。さらに刺激を与えたらどうなってしまうのか。

（瀬名さんをもっと感じさせたい……瀬名さんのおっぱいがもっと欲しいっ）

拓海は乳肉を摑み取りながら、じゅるっと乳頭を吸引する。

「んあ、ああっ！　ダメっ、おっぱい感じ過ぎちゃうからぁ……あ、ああっ」

身体を反り返らせて、甲高い声を響かせた。引き締まった体軀全体が大きく震えているのがわかる。

（瀬名さん、おっぱいが弱いのかな。じゃあ、もっと舐めたり吸ったりしないと）

拓海は乳暈ごと吸いながら、口腔粘膜で愛撫をし続ける。乳暈を舐め回し、乳頭を上下左右に弾いては、舌の先でグリグリと押しつぶす。

「ダメダメっ、そんなにしちゃダメなのっ。我慢できなくなっちゃうっ、叫んじゃうからぁ！」

「もうすでに叫んでるじゃないですか。そんなにエッチでかわいい声響かせてっ」

空いていたもう片方の乳首を摘《つ》まむ。こちらもガチガチに硬化していた。

「はぁ、ぁああんっ！　ま、待ってて、どっちも一緒はっ、一緒はダメだってて、あ、ああっ！」

柚希の訴えを無視して、左右の乳首を同時に求めた。

片方は吸っては舐めて、もう片方は指で転がす。それを左右交互に繰り返し、休むことなく乳首からの快楽を送り込む。

「はぁ、ああっ！　ああっ……うあ、ぁっんっ……くひ、ぃんっ！」

もはや言葉も出せなくなったのか、柚希の唇からは悲鳴にも似た叫び声しか出てこない。

表情はすっかり淫悦に蕩けている。普段の彼女からは想像もできない姿に、拓海の中で良からぬ感情が湧き出てしまう。

(普段、散々からかわれてるんだ。こんなに感じやすいなら、エッチで今までの分をお返しさせてもらってもいいよな)

「あんまり叫ぶと、プールまで聞こえちゃいますよ？　誰かに聞かれたらどうするんですか？」

乳頭から口を離して彼女の耳元で囁いてみる。同時に、いきり立った二つの乳首を指の腹で押しつぶす。

「あが、ぁっ！　くぅ、ぅっ……あ、ああっ、ダメっ、ホントにダメっ……ひい、ぃっ！」

柚希が上半身を仰け反らして、両目を大きく見開いた。だらしなく開いた唇から声にならない悲鳴が漏れる。刹那、全身が弾けるように激しく跳ねた。

「あ、ああっ……イヤっ、イくっ……もうイく……あ、あぁぅんっ！」

キャラメル色の肌が一気に粟立ち、しなやかな筋肉が浮かび上がって硬直した。そのままビクビクと何度か全身を震わせる。

（乳首だけでイったのか……瀬名さん、どれだけエッチなんだよ……っ）

想像をはるかに超えた柚希の卑猥さに、拓海は絶句するしかなかった。

4

「はぁ、ぁ……お、おっぱいだけでイっちゃった……ふあ、ぁ……」

硬直から解放された柚希が、肩で息をしながら微笑んできた。

汗に濡れた額には前髪が貼りつき、締まりのなくなった表情と合わせて、煽情的なことこの上ない。

（全身が汗でヌルヌルだ……ああ、なんてエロいんだ……っ）

スベスベの褐色肌が汗に濡れて光っていた。乳肉を再び揉めば、柔らかさにぬめった感触が加わって、煩悩《ぼんのう》をくすぐってくる。

そして、拓海の目を惹くものがあった。

(水着のアソコが……めちゃくちゃ濃い染みになってる)

インストラクター用の黒い競泳水着のクロッチ部分だけが、異様な濡れ方をしていた。

(瀬名さん、濡れちゃったんだ……それも、ものすごい濡れ方を……っ)

まだ見ぬ柚希の陰唇は、いったいどんな姿をしているのだろうか。絢葉の秘所しか知らない拓海には、想像するだけで軽い目眩を覚えてしまう。

「はぁ、ぁ……水野くん、わりと強引なんだね……びっくりしたし、ドキドキしちゃった……」

柚希ははぁはぁと呼吸を乱しながら、濡れた瞳を向けてくる。

拓海としては普段の仕返しのつもりであったが、思いのほか彼女には有効なようだった。

(……それなら、さっきのスタンスのまましてしまおうか)

絢葉との度重なる情交で多少の自信と性戯は身につけた。それを柚希に使うのも悪くない。

拓海は何も言わずに、そっと柚希の股間に手を伸ばす。

クロッチの生地に触れた瞬間、彼女の身体がピクンと跳ねた。

「あぁんっ……待って……さっきおっぱいでイったばっかり……」

「強引なのが好きなのでしょう？　僕はもう待てませんよ」

ツルツルの生地を撫で回し、ゆっくりと姫割れの真上を指で押す。

「んひぃ、ぃっ……あ、あっ……ダメぇ……っ」

甲高い声がシャワールームに響き渡った。乳房を刺激した時よりも声のトーンが高い。

押し込んだ部分からじゅわっと粘着質な液体がにじみ出てきた。クロッチ部分はあて布を施されていて、他の部分よりも厚手なはずだ。それなのに、これだけの淫液を染み込ませているということは……。

（いったい、瀬名さんのおま×こはどんな状態なんだ……っ）

牡欲はますます加速し、胸の鼓動は激しくなる。自分の目が血走っているのが自覚できた。

水着の上から弄《いじ》るだけでは物足りない。拓海はクロッチの端から指を忍ばせて、直接陰唇に触れようとする。
その瞬間、あることに気がついた。あると思っていた感触が探しても見つからない。
「瀬名さん……もしかして……」
拓海の言葉に柚希がコクリと頷いてくる。蕩けきった顔に羞恥の朱色が混ざってい
た。
「うん……ツルツルなの。仕事柄、処理しないといけないんだけど、面倒くさくて
……それならいっそ脱毛しちゃおうと……」
彼女としては実務上の必要性ゆえのことなのだろう。
しかし、拓海からすれば煩悩を沸騰させる事実でしかない。
「……見せてもらいますよ」
拓海はクロッチの生地を指で引っかける。
めくると同時に、クチュリと淫猥な粘着音が響いてきた。当て布と股間との間に、
とろっとした液体の柱が伸びる。
(これが瀬名さんのおま×こ……本当にパイパンだ……す、すごいっ)
露出させた聖域に拓海は目を瞠《みは》るしかなかった。恥丘はもちろん姫割れの周囲にも、
あるはずの恥毛は見当たらない。浅黒くて美しい地肌がむき出しになっているだけだ

った。

(おまけに……とんでもないくらいに濡れている。おま×こもこんなに開いて……ああ、中からクチュクチュ音がしているじゃないか……っ)

厚めの肉羽は左右できれいな対称を描いて、ぱっくりと開ききっている。上部の陰核は包皮を脱ぎ捨ててぷっくりと膨れていた。

それらに縁取《ふちど》られた淫膜は休むことなく収縮を繰り返している。奥の方から大きく脈打ち、そのたびに淫らな蜜を湧き出させていた。

周囲の肌は淫液にまみれてしまっている。秘唇の周囲はもちろんのこと、恥丘や鼠径部までもがぬらぬらと妖しく光り輝いていた。

「はぁ、ぁ……恥ずかしいけど、見て……私のいやらしいおま×こ、もっと見てぇ……」

舌足らずな口調で懇願しつつ、自らの手で姫割れを左右に開く。内部の牝膜がさらけ出されて、狭い膣口が拡げられた。滞留していた愛液がこぼれ落ち、真下に淫らな液溜まりを形成する。

(瀬名さん、どんどんエッチに……いやらしい人になってる。興奮しまくっておかしくなっちゃったのか……？)

普段の姿とはまるで違う柚希の艶姿に、拓海の牡欲は沸騰しっぱなしだ。

今すぐに挿入してしまおうかと思ったが、同時に別の欲求も生まれてしまう。

「瀬名さん、そのままおま×こ拡げていてくださいね」

拓海はそう告げると、張りのよい太ももに手を置いた。膝立ちになって彼女の股間に顔を近づける。

柚希が何かを訴えてきたが、もうそんなものは拓海の耳には届かない。欲望の赴《おもむ》くままに、開け広げられた姫割れに口付けする。間髪入れずに膣膜に舌を突っ込んだ。

「んあ、ああっ！　そ、そんなっ、汚いのにっ、あ、ああんっ！」

跳ね上がる柚希にしがみつき、拓海は媚膜のさらに奥へと舌を伸ばす。

濃厚な牝の味と香りとが口腔内に充満する。きれいに手入れをされているせいか、不快感は少しもない。

(舐めれば舐めるほどに興奮してしまう……少ししょっぱいのもいいっ)

卑猥な味は拓海の興奮を燃え盛らせる。注がれる牝蜜はまさに媚薬だった。

「くぅ、ぅっ……あ、ああっ……そんな奥まで……あ、あぁぅんっ」

柚希は舌の動きに合わせて甘い声を弾ませている。褐色美女を自らの行為で感じさせていることに、男の矜持が満たされた。

「クリトリスもこんなに大きくして……っ」

柔膜から舌を抜き出して、すかさず桃色の真珠に食らいつく。

同時にぽっかり空いた膣洞に指を一本挿《さ》し込んだ。絢葉に教わった知識を生かして、特に感じるであろうポイントを刺激する。

「はあ、あっ、ああうぅ！　それダメぇ！　ダメなのっ、感じ過ぎちゃうから……あ、ああっ、はぁう！」

甲高い叫び声を響かせて、柚希の腰が大きく揺れた。

もちろん逃がすはずなどない。拓海はしっかりと顔を股間に突っ込んで、決して閉じられないようにしつつ、柚希を背後の壁に寄りかからせる。

股間を突き出した状態にして、陰核と膣膜を同時に攻め立てた。

「ひい、ぃ！　ダメっ、ホントにダメっ！　おかしくなっちゃうっ、そんなにしないでぇ！」

柚希が叫びを響かせれば、それに合わせるように牝膜が収縮した。淫蜜の量は増し、手淫する拓海の手は粘液にまみれてしまう。

(毛がないだけでこんなにもクンニがしやすいのか……ああ、すごい……いつまでも舐め続けられる)

硬く膨れた陰核を絶えず舌先で愛撫する。舌の腹を使って大胆に舐め上げて、時折グググッと押しつけた。

そのたびに柚希の身体は跳ね上がり、媚膜が強く指を締め付けるのだ。柚希のはしたない反応に、牡の昂ぶりは止まらない。どこまでも彼女を追い詰めたくなる。

「瀬名さん、めちゃくちゃいやらしいですよ。こんなにダラダラとエッチな液をこぼして、腰なんかずっと揺らしてるじゃないですかっ」

無毛の股間から淫らな牝と化した柚希を見上げる。

彼女は顔を真っ赤にして、ブンブンと頭を振っていた。ショートカットの髪が頬に貼りつき、眉尻はハの字にだらしなく下がっている。男心をくすぐる淫らな姿だった。

(それにしても、本当に反応がすごいや……腰の動きは速くなる一方だし、おま×この中は……なんか膨れてきたぞ)

腰は絶えず前後左右に揺れ続け、愛蜜を拓海の顔に塗りつける形になっていた。淫液で汚されることに不快感はなく、むしろ劣情を滾《たぎ》らせられる。

指を圧迫する膣膜の動きは激しい。まるで別の生き物であるかのように熱烈に収縮を繰り返し、正面側の媚膜が徐々に膨らみ始めていた。

「ああっ、待って、待ってぇ！　で、出ちゃうっ、ああっ、それされたら出ちゃうう！」

柚希の叫びは切迫したものになり、狂ったように頭を振る。

頭を掴んでくる手は拓海を股間から引き剥がそうとするのに、下半身の動きは情熱的に拓海を求めていた。

相反する反応は、拓海の嗜虐心《しぎゃくしん》を刺激する。陰核と膣膜とを少しも休むことなく愛し続ける。

（おしっこでもなんでも出しちゃえばいい。とことん感じて激しく乱れて、恥ずかしい姿を見せてくれっ）

ドロドロになった淫膜からの蜜鳴りが変わった。さらさらの水を弾くかのようなピチャピチャという水音が響いてくる。

瞬間、柚希の下半身がピンと引きつって硬直した。

「はっ、ああっ！　ダメっ、ダメダメっ……いやぁ、ぁああっ！」

プールや更衣室にまで聞こえそうな悲鳴を響かせると同時、淫膜が強烈に引き締まる。

ブシュッと水のような体液が勢いよく噴き出した。股間は拓海に突き出していたので、噴出液のすべてを浴びてしまう。

(これって潮《しお》だよな。ああ、すごいっ。こんなに勢いよく大量に出すなんて……っ)

聞きかじっただけの現象が、今、目の前で現実のものとなっている。いやらしいと思うと同時に、どこか感動すら覚えてしまった。

柚希の潮吹きはなかなか終わりを迎えない。指を動かすごとにブシュブシュと吹き出し続け、拓海のTシャツは彼女の淫水でぐっしょりになってしまった。

ようやく潮の噴出が終わり、拓海は蜜壺から指をゆっくりと引き抜く。

弛緩《しかん》した柚希が、ドサリと壁伝いに崩れ落ちた。汗まみれの身体は大小交えて痙攣《けいれん》を繰り返し、顔には表情といったものが見られない。虚ろになった双眸は何も映し出していなかった。

(ヤバい……もう無理だ。我慢できない……今すぐ、瀬名さんの中に入れなきゃ。じゃないと、気が狂いそうだ……っ)

卑猥極まる柚希の姿に、本能は限界を超えてしまう。

理性や常識などといったものは、もうどうでもいい。牝を求める牡としての獣欲のみに拓海は支配されてしまった。

5

壁に背を預けた状態で柚希は放心していた。

乳房はもちろん姫割れまで丸出しだ。おそらく顔も人に見せてはならない状態だろう。

（まさか……ここまでされるだなんて……）

与えられた快楽と羞恥は想像をはるかに上回る。計画はすべてが狂っていた。本来ならば、自分が拓海をリードするつもりだったのだ。

なのに、リードするどころか、しっかりと手綱《たづな》を握られてしまっている。今の柚希は彼の思うがままの状態だった。

（でも……少しもイヤじゃない……むしろ、ここまで私を追い詰めてくれたことが嬉しいと思っちゃう……）

男に身体のすべてを預けることが、こんなにも幸福なことだとは知らなかった。

もちろん、相手は誰でもいいわけではない。拓海だから許せるのだ。

そう思える理由はただ一つ。柚希は拓海が好きだった。

（三十にもなる女が、年下の……それも十代の子を好きになるなんて、常識的に考えればありえない。おかしいことだと思うのに……）

最初、彼がここにアルバイトとして入ってきたときは、かわいい弟ができたかのように思っていた。姉妹の姉として生きてきたせいか、弟という存在にはある種の憧れも持っていた。

（なのに、いろいろと話したりやりとりを重ねるうちに……いつしか胸の奥が苦しくなって……もう恋心は否定できなくなっていた……）

浮気性の夫との夫婦関係が完全に冷え切っていたというのも理由だろう。拓海の存在は空虚になった柚希の心を温かいもので埋めてくれたのだ。

彼に対する頻繁なちょっかいは、そんな気持ちの裏返しだ。我ながら不器用だと思うものの、そうでもしなければ、この気持ちをやり過ごすことなどできない。

ゆえに、彼が絢葉とただならぬ関係だと知ったときは、激しいショックに襲われた。生まれ出た感情は他でもない嫉妬である。

（オーナーは私とちがって肌は白いし、おっぱいは私よりも大きいし、何より優しい感じの美人だし……到底敵う相手じゃない）

柚希は自分に自信などは持っていない。夫は自分以外の女に目移りするし、生まれつきの浅黒い肌もイヤだった。姉御肌な性格も、本当の自分を隠す演出だ。そんな嘘をつく自分自身が嫌いだった。

だが、そんな自分に拓海はたびたび女を感じてくれていたのだ。彼の視線が自分の胸や尻などに向けられるたびに、女としての矜持が満たされた。

(一度でいいから、水野くんに女として愛されたい。身体で私を感じて欲しい……私も彼を感じたい……)

欲望は願望になり、ついに柚希を動かした。自分を抱かなかったら絢葉との関係をバラす、などと脅迫めいた卑怯《ひきょう》なやり方に良心が痛んだものの、そうでもしなければ、彼は身体を重ねてくれないと思ったのだ。

「はぁ、ぁ……瀬名さん、エッチすぎます……うぅ……」

自らの潮でびしょ濡れになった拓海は、顔を拭《ぬぐ》うこともせずに、だらしなく崩れた自分を見つめている。

むき出しの肉棒が急な角度を描いてそびえたっていた。肉幹も亀頭もパンパンに張り詰めて、あふれ出たカウパー腺液にまみれて妖しい光を放っている。

(欲しい……水野くんのおち×ちん、私の中に欲しい……っ)

二度の絶頂と潮吹きを経ても、己の淫欲は収まらない。それどころか、ますます昂ぶり、牝の本能は暴走を始めていた。

「はぁ、ぁ……ねぇ、入れて……ここに、おま×こにちょうだい……？」

震える両脚をゆっくり開き、濡れそぼつ陰唇を拓海に晒す。

勃起がビクンと大きな脈動を見せていた。それに呼応するようにして、牝膜がキュッと収縮する。

「僕ももう……我慢できないです……っ」

拓海は何度も頷きながら、柚希の脚の間へと滑り込んでくる。

狭いシャワーブースに男と女の発情熱が立ちこめていた。濃厚な淫気に息を吸うだけでクラクラしてしまう。

（おち×ちんが近付いてくる……ああ、もうすぐ入ってきちゃう……っ）

膨張した亀頭が開け放たれた姫割れに接近した。待ちきれないとばかりに、媚膜がうねっているのが自分でもよくわかる。

「入れますよ……う、ううぅ」

柔膜に硬いものが密着する。そのままゆっくりと隘路《あいろ》が押し広げられていく。

「うあ、あっ……はあ、ぁっ……くぅ、んっ！」

想像以上の衝撃に、目の前が白くぼやけた。膣膜に生まれる圧迫感は、今までに経験がないほどのものだ。

(何これ……っ。中がめいっぱい押し広げられて……ああ、水野くんのおち×ちんでいっぱいになる……っ)

挿入されただけで果ててしまいそうだった。おとがいを天井へと向けながら、蜜壺からの愉悦にカタカタと身体を震わせる。

「ううっ……きついです……ああ、瀬名さんのおま×こ、すごい……っ」

拓海は眉を歪ませて、熱い吐息を漏らしていた。肉棒の脈動は力強くて、パンパンに拡張した媚膜を叩いてくる。

(ダメっ、そんなにおま×この中、刺激しないで……っ。ああ、奥まで来ちゃう……!)

圧迫感に身震いする。蜜壺すべてを肉棒で満たされてしまったら、いったいどうなってしまうのか。期待と恐怖が入り交じった。

「瀬名さん……奥まで入れますよ」

めり込む勃起を根元まで埋め込むと、拓海が腰を摑み直してきた。

瞬間、ググッと腰を押しつけられる。最奥部の隙間が埋められて、たくましい硬さと熱が子宮口を押しつぶしてきた。

「ひぎ、ぃっ！　あ、ああっ……ま、待って……はぁ、っ、ああ、ぅん！」

視界が明滅を繰り返し、身体は不自然に硬直した。力一杯に拓海にしがみつきながら、爪まで立ててしまう。股間の奥から喜悦が込み上げ、脳内で鮮やかに弾けた。

「イ、イくっ、イっちゃう……あ、ああっ、はぁうん！」

快美が全身に広がって、濡れた黒肌を粟立たせた。

プチュッと結合部から何かが弾ける音がした。媚膜が収縮したからなのか、またしても潮を噴き出したからなのか、今の柚希にはわからない。

「ああ、瀬名さん……本当に……なんてエッチな人なんだっ」

拓海が感極まったように声を上げると、勃起を最奥部に叩き込んできた。

絶頂から戻らぬ肉体には、あまりにも刺激が強すぎる。鋭い喜悦に全身が貫《つらぬ》かれ、無意識にはしたない叫びを響かせてしまう。

「はあ、ぁんっ！　ダメぇぇえっ！　イってるの、まだイってるの！　ひぃ、んっ！」

柚希は首を何度も振りながら、必死で制止を訴える。

しかし、青年は意に介する様子はない。むしろ、さらに興奮を昂ぶらせ、男根を繰り返し膣奥へとぶつけてくる。

（ああっ、ダメなのっ！　そんなにされちゃ……水野くんのおち×ちん、すごすぎる

のっ）

　久々の性交だからなのか、それとも相手が拓海だからなのか、込み上げる喜悦は圧倒的だ。貫かれるたびに脳内で快楽が炸裂し、媚膜と子宮が幸福感に打ち震える。セックスがこんなにも素晴らしくてすさまじいものだとは思いもしない。

「ううっ、瀬名さんのおま×こ、めちゃくちゃ気持ちいいですっ。ああ、すごい絞まる……！」

　拓海は苦悶にも似た表情を浮かべながら、さらにピストンを速めてきた。かき回される蜜壺からはグチュグチュと卑猥な粘着音が響いてくる。あふれ出た愛液は白濁化してしまい、濃厚な淫臭を漂わせていた。

（気持ちいいところにずっと当たって……ああ、一番が奥が潰されるっ、ズンズンって衝撃がすごいの……っ）

　子宮どころか身体の内部を揺らすような重い前後運動。それが休むことなく繰り返されて、徐々に速度を増している。

　目の前がチカチカとした。膣壁が大きく蠕動し、肉棒を食い締めてしまう。

「ああっ！　またイっちゃううっ！　イくっ、イくぅ、ぅうう！」

　背後の壁に後頭部を擦りつけ、狂ったように頭を振った。

絶頂に腰は跳ね上がり、自分では抑《おさ》えることができない。

なのに、拓海の挿入は終わらない。しっかりと腰を両手で掴み、肉棒を膣奥に押しつけてくる。

下半身の跳ね上がりが収まると同時、再びピストンを再開した。圧倒的な喜悦が脳天を貫いて、またしてもはしたない叫びを響かせてしまう。

「休まないでくださいっ。僕がイくまで続けるんですからっ。ああっ」

残酷な宣告に総身が粟立った。

しかし、体内を駆け巡る凶悪な淫悦に本能は歓喜して、もっともっとと求めてしまう。

(ああ、壊れる……こんなつもりじゃなかったの……気持ちよすぎておかしくなっちゃう……狂っちゃうっ!)

獰猛《どうもう》な獣と化した若牡に、柚希はもう流されることしかできなかった。

6

猛り狂う本能が拓海を突き動かしていた。

バイト先でインストラクターと、しかも人妻と動物的な性交をしているのだ。常識や理性が残っていれば、こんなことはできるわけがない。

(僕ももうわけがわからない……ああ、瀬名さんのおま×こ気持ちよすぎるっ。女の人として魅力がすごすぎるんだっ)

艶やかな黒い肌と豊かな乳房、引き締まった体軀に脱毛の施された下腹部、男を狂わせる淫らな反応の数々。それらが合わさって、拓海の牡欲を燃え盛らせている。

「うぐっ、くぅ……! はぁ、ぁっ! 奥が……奥がぁ!」

柚希は錯乱したように顔を振り、ギリギリと拓海の腕に爪を立ててくる。叫びっぱなしの唇からは涎がこぼれ、黒髪からは汗の雫が飛び散っていた。

(チ×コで突くたびに奥を抉《えぐ》って気持ちいい……ああ、すごい締め付けだっ)

喘ぎ狂う彼女は、自らも腰を揺らしている。拓海の突き入れに合わせて、必死な様子で股間を叩きつけていた。

蕩けた媚膜は隙間なく肉棒を包み込み、決して離すまいときゅうきゅうと締め付ける。吸い付く蜜肉と肉槍との擦過は、極上の淫悦を生み出してきた。

(もうダメだ……これ以上はもう我慢できない……っ)

必死に耐えていた射精欲求はもはや限界だった。肉棒の膨張と反り返りは痛いくらいで、大量かつ猛烈に噴出するのは間違いない。

「瀬名さんっ、もう限界ですっ。もう出るっ……うぅっ！」

肉棒を引き抜き、白濁の放物線を描こうとした。腹部や乳房に飛び散れば、卑猥な光景になるであろう。

しかし、肉槍が中腹まで抜けたとき、柚希の脚が腰に絡みついてきた。

そのまま力任せに引き寄せられる。ペニスの根元が陰唇と密着してしまう。

「ちょっとっ！　マズいですっ、もう出ますからっ、このままじゃ中にっ」

「ああっ、出してぇ！　いいからっ、中でイってぇ！　奥に……私の奥に全部出してぇ！」

膣内射精を懇願し、必死に腰を揺らしてくる。結合部の蜜鳴りは激しくなり、媚膜は忙しなく収縮を繰り返した。牝の本能が子種液を渇望している。

「柚希って言って？　名字じゃなくて名前で呼んでっ。柚希って呼びながら射精してぇ！」

Tシャツを摑んでいた手を拓海の後頭部に乗せ、荒々しく搔《か》きむしってくる。濡れた瞳ですがりつくように見つめられては、拒否などできるはずがない。

あまりにも情熱的な柚希の艶姿に、股間の奥底がついに弾けた。

「ああ、出るっ……柚希さんっ、柚希さん！」

重くて鋭い突き上げと同時に、間欠泉のごとく牡液が噴出した。押しつぶした子宮口に尿道口がぴったりと密着している。

柚希の目が見開かれた。結合部を中心に身体が大きく震えて、褐色の表皮が鳥肌と化す。

「イくっ、イくぅううっ！　ああっ、はぁ、ぁあっ、あああぅんっ！」

折れるかというほどに背中をしならせ、そのままの姿勢で硬直した。

（ううっ、まだ出る……チ×コの震えが止まらない……っ）

力強い脈動が繰り返されて、ぐずぐずに蕩けた蜜肉を叩きつけた。

それに呼応するように、硬直した柚希の身体はビクンビクンと震えを見せる。

求めていたものを注がれて、淫膜が歓喜にうねっていた。精液を漏らすまいと締め付けて、最後の一滴まで出せと煽ってきた。

二人ともに性器を押しつけ合って、熱い吐息を漏らし続ける。時間の感覚もあやふやだった。

やがて、絶頂から解放された柚希が拓海の身体に崩れてきた。余韻というには痙攣は激しく、褐色の肌は水を浴びたかのように濡れている。

「はぁ、ぁ……柚希さん、大丈夫ですか……？」

かすれた声で尋ねるが、彼女からの返事はない。返答するだけの余裕はなさそうだった。

（出してしまった……柚希さんのおま×こにまで。いくら求められたからといっても、こんなのは……）

罪悪感に打ちひしがれていると、意識を取り戻した柚希がのっそりと身体を起こす。呼吸は未だに乱れていて、双眸の焦点《しょうてん》は定まっていなかった。

「柚希さん、あの……んぐっ」

言葉は唇で塞《ふさ》がれた。すぐに舌が侵入してきて、情熱的に動き回る。

「んあ、ぁ……んちゅ……すごかったよぉ……こんなの、私、もうダメになっちゃう……ふあ、ぁ……」

うわ言のように呟きながら、唇と舌を離そうとしない。あまりの熱烈さに、拓海はされるがままだった。

すると突然、アクリル板の向こう側に人影が現れた。一瞬にして肝《きも》が冷える。反応するには遅すぎた。人影が扉を開けてしまう。

その正体に、拓海は心臓が跳ね上がった。

（え？　絢葉さんっ？　な、なんで？　どういうことだ？）

絢葉は水着ではなく上質なスーツを纏っていた。まさにオーナーと呼ぶに相応《ふさわ》しい出《い》で立ちだ。

上と下とでしっかりと繋がる二人を見る表情は、ゾクリとするほどに官能的な微笑みだった。

「瀬名さん、願いが叶《かな》ったんですね。ただ、ちょっと乱れ過ぎちゃったみたいですけど……ふふっ」

（え？　どういうことだ……？）

彼女の言っている意味がわからない。

自分の所有する職場での不純な性交なのだから、怒鳴るなり軽蔑するのが普通であろう。自分も柚希も最悪、解雇されてもおかしくはない。

「あ、あの……絢葉さん、これは……」

「うん、ごめんなさいね。私が瀬名さんに教えたのよ、拓海さんとのことをね」

悪びれる様子もなく、あっけらかんと言う。拓海はわけがわからず、ぽかんと口を開けるだけだ。

「瀬名さんが拓海さんに気があるのは大分前から気付いていたの。夫婦間の問題も聞いていましたしね。それで考えたんですよ。私と二人で拓海さんをシェアしましょうって」

「え？　ええ……」

真相を聞いてますます混乱する。ふしだらな関係は、自分の知らないところで、常識外れな展開を見せていたらしい。

「だから、拓海さんはこれからは私と瀬名さんの二人を相手してくださいね。若いんですもの、大丈夫ですよね」

絢葉の言葉を聞きつつ、目の前にいる柚希を見る。

彼女は荒々しい呼吸を繰り返しながら、だらしない笑顔を浮かべていた。絢葉の発言が嘘ではないことの表れだ。

（嬉しくないといえば嘘になるけど……なんで短期間でこんなことになっちゃうんだ……っ）

異常なまでに淫蕩な関係が訪れたことに、拓海は呆然とするしかなかった。

第三章　バツイチ若母の切ない願い

1

うだるような暑さが街を包んでいた。もう九月になるというのに、これでは真夏となにも変わらない。

(ダメだ……溶けてしまう……涼みに行かなきゃ……)

炎天下の中、拓海はアスファルトの歩道を歩いていた。路面からの照り返しと足の裏に伝わる熱が体力を奪ってくる。

(何もこんな時にエアコンが壊れなくても……一日だけとはいえ、エアコンのない部屋は耐えられない……)

今朝、点《つ》けっぱなしだったエアコンが「プシュー」という音を立てて、うんともすんとも言わなくなってしまった。アパートの管理会社に連絡すると、エアコンの在庫はあるのだが、交換するのは明日になってしまうという。

（何日も待たされるよりはマシだけど……ああ、ようやく見えてきた）

拓海が向かっていたのは市民プールだった。たまには水の中に飛び込んで、心地良い冷たさに浸りたい。

（スイミングスクールで働いているのに、わざわざ市民プールを使うっていうのも、なんだか変な感じだけどな……）

スイミングスクールはあくまでも商売なので、バイトをしているといっても、利用できるわけではないのだ。事実、拓海はあのプールで泳いだことなど一度としてなかった。

（絢葉さんに言えば家のプールを使わせてもらえるんだろうけど……でも、絶対にセックスになってしまう。今日はそんな余力なんてないんだよ……）

絢葉と柚希の二人から搾り取られる日々が続いていた。柚希はオーナーである絢葉と結託しているのをいいことに、仕事中の合間を見ては、職場内での行為を迫ってくる。昨日などはプールサイドにある用具室に連れ込まれ、またしても大量に注がされていた。

（三十代の女性の性欲ってすごいんだな……いや、あの二人が特殊なだけなのかな……。嬉しいけど、さすがにこう立て続けだと……）

疲労に暑さが加わって、少しフラフラしてしまう。このままでは熱中症と勘違いされかねない。

（早くプールに入ってすっきりしよう。土日だから混んでるだろうけど、行水できればそれでいいや……）

はぁはぁと息を乱しつつ、拓海は市民プールの門をくぐった。

2

市民プールは屋内プールと屋外プールとに分かれていて、なかなかに広くてしっかりしたものだった。周辺の市町村からも、ここを目当てに客がやってくると聞いてはいたが、確かに脚を伸ばすだけの価値はある。

（はぁ、ぁ……気持ちいいな……）

軽くクロールや平泳ぎをして水の抵抗を堪能した後、拓海は屋外プールの端で行水を楽しんでいた。

やはり暑い日は水の中が一番だ。海も嫌いではないが、クラゲなどの厄介な存在を考えれば、プールのほうを選択してしまう。

（やっぱり人は多いなぁ。それに子ども連れがいっぱいだ）

カップルや若いグループもいるにはいるが、それ以上に子連れのファミリーが多い印象だった。キャーキャーと子どもたちの楽しそうな声が青い空に木霊している。

（僕も子どもの頃はあんな感じで遊んでいたなぁ。懐かしい……）

中学から水泳は遊技ではなく競技に変わったが、子どもの頃の感覚は今も忘れてないない。根底に「楽しい」という感覚があるからこそ、高校までの六年間を水泳に費やせたのだろう。

（さて、一回出てから何か飲むか。プールでも熱中症にはなるからな）

熱中症は陸上よりも水中のほうが起こりやすい。体温を下げるための気化現象が水中では発生しないからだ。

拓海はプールから上がってお金を取りに更衣室へと向かい始めた。ワイワイと騒ぐ子供たちの姿をなんとなく眺める。

すると、多くの人々の中に、見慣れた人物を見つけてしまった。

（あれは……泉さんだよな？）

他人の空似かと思ったが、よくよく見ると間違いがなかった。スイミングスクールで初心者レッスンを受けている円佳である。

彼女は子供用の浅いプールで小さな男の子の手を取っていた。

(あれが泉さんの息子さんかな。二人とも楽しそうだなぁ)

円佳も男の子も心の底から楽しそうに笑っている。まさに絵に描いたように幸せな親子の姿がそこにはあった。

だが、ほっこりすると同時に、拓海の目はどうしても一点に集中してしまう。

(……やっぱり泉さんのおっぱいも大きいな……ああ、ゆさゆさ揺れている……)

水着の上から着ているTシャツはずぶ濡れで、ぴったりと胸部に貼りついていた。形や大きさは丸わかりで、柔らかそうに揺れる様もはっきりとわかってしまう。

(おっぱいはあんなに大きいのに、身体は細いし……肌は透き通るように真っ白だなぁ)

長い黒髪はポニーテールにまとめられ、日の光に照らされて、ツヤツヤと輝いていた。丸みを描く桃尻の張ったカーブもたまらない。

(こんな盗み見みたいなこと、しちゃいけないんだろうけど……どうしても視線が奪われてしまう……ああ、なんて素敵なんだ……)

絢葉や柚希とは異なる魅力に、拓海は釘付けになってしまった。

だが、突然、円佳の表情が曇ってしまう。さっきまでの笑顔は露と消え、顔を俯かせてしまった。

傍らから見慣れぬ男がやってきて、子どもの手を取ってしまう。そのまま手を繋いで流れるプールへと行ってしまった。

(なんだなんだ？　誰だあの男は？)

突然の乱入者に拓海は腹立たしさを覚えた。円佳から瞬時に笑顔を奪うような男なのだ。悪い奴に決まっている。

拓海は男の行く先を目で追うも、多くの客の中ではそれも限界がある。小太りな男に視界を遮《さえぎ》られてしまい、ついには見失ってしまった。

(くそ……いったいどういうことで……ん？)

心の中で悪態をついていると、自分への視線を感じ、そちらの方へと視線を向けてみる。

(あ……泉さん……)

円佳がこちらを見つめていた。浮かべている表情は恥ずかしそうでもあり、切なそうでもある。気まずさよりも先に、胸の高鳴りを覚えてしまった。

「すみません、せっかくのお休みなのに、こんな話に付き合わせてしまって……」

円佳は恐縮した様子で頭を下げた。グラスの中の氷がカランと音を立て、半分ほどに減ったアイスコーヒーの表面を揺らす。

「い、いえっ……僕の方こそ話を聞くことしかできなくて……なんだか申し訳ないです……」

拓海も慌てて頭を下げた。

3

プールで涼んだばかりの上に、冷たい空調の風を受けているというのに、やたらと顔が火照《ほて》って仕方がない。心臓の脈拍は速いままだった。

二人は市民プールにほど近い喫茶店の中にいた。目立たない場所にあるせいか、土曜日の夕方前だというのに、店内はあまり客がいない。カウンターの中では店主が暇そうにあくびをしながら新聞を読んでいた。

(泉さんがそんな問題を抱えているなんて……)

話の内容に拓海は少なからずショックを受けていた。上手いことも言えずに、手元のグラスで結露の雫が流れていくのを見つめるだけだ。

（泉さんに子どもがいるのも驚いたけど、まさか離婚してて、その相手に親権を渡さないといけないかもしれないなんて……）

さっきプールで見た男が、別れた元夫なのだと言う。今は月に一回子どもに会わせる約束になっているそうで、今日がその日だったらしい。

彼は規模は大きくはないものの、安定した経営を続ける会社の跡取り息子とのことで、近日中に再婚の予定があるという。それに合わせて子どもを引き取りたいと言っている、と円佳は話していた。

（そんなの……あまりにも身勝手じゃないか？）

離婚の理由までは聞けないが、雰囲気から察するに、彼の方に問題があったのだろう。そんな相手が、円佳から子どもを取り上げようというのは、いかに経済力云々《うんぬん》の問題があったとはいえ、人情の観点から許されないはずである。

（なんか考えれば考えるだけ腹が立ってきたな……）

彼を一目見たときに感じた苛立ちは間違ってはいなかったのだ。もし、この話を前もって知っていたとしたら、ぶん殴っていたかもしれない。

「……本当にすみません、不愉快な気分にさせちゃいましたよね」

円佳がしょんぼりした様子で呟いた。

「そ、そんなことないですよ。お話ししてくれてありがとうございます……」

（感情が表情に出ちゃってたか。危ない危ない……）

子どもの前では気丈に振る舞ってはいるものの、本当の彼女は大分まいっている様子だった。せっかくの美しい小顔が、負の感情に歪んでいる。

（なんとか元気を取り戻してもらいたいな。でも、僕にできることなんて……）

しょせんは今年大学に入ったばかりのガキである。知恵や甲斐性などあるわけがない。円佳の抱える問題に対して、自分はあまりにも無力であった。

（どうしようもないんだけど……自分が自分にイライラする。何かいい方法は……）

「あの……」

考え込んだ拓海に、円佳がおずおずと声をかけてきた。

「……もし、私のために何かを考えているのでしたら、大丈夫ですよ。世の中にはこんな人間もいるんだって、今後の人生の参考にする程度に考えて頂ければ……」

そう言って、ふっと微笑んだ。優しくて柔らかい表情は、それゆえに痛々しさも孕《はら》んでいる。

その表情に拓海の胸は締め付けられた。

4

その後、空気が変わることもなく、拓海は円佳とともに店を出た。帰る方向が同じなので並んで歩く。

夕刻となった街はオレンジ色に包まれていて美しいが、真西からの日差しは相変わらず強い。

（結局、泉さんに気を遣《つか》わせただけだったな……みっともない……）

拓海は彼女に気づかれないよう静かにため息をついた。

ちらりと真横の円佳を見る。西日に端整な顔が映《は》えていた。ぱっちりとした目は長いまつげに縁取られ、少しだけ幼さを感じさせた。ストレートの長い黒髪は艶があり、微風にそよそよと流れている。とても婚姻暦や子どもがいるようには見えない。

（こんな人が自分の彼女だったら、どれだけ幸せだろうなぁ……って、そんな邪な思いを抱いていい相手じゃないだろっ）

彼女の身の上を考えれば、色恋の対象にするのは憚《はばか》るべきだ。自分のあさましさに呆れてしまう。

(最近、セックスのしすぎで感覚がおかしくなってるのかな、僕……)

以前にも増して女性を性的な対象として見てしまっている気がした。このままでは人として危ない。

一方の円佳は終始俯きがちで、何かを話しかけてくることもなかった。今はそっとしておいたほうがいいのかな、と思う。

(一人になりたいのかもしれない……どこかで別れようかな)

自分の存在が彼女の負担になってはいけない。幸い、拓海にはこの後、スーパーに寄る用事がある。家の最寄りではないが、この付近にもスーパーはあるので、そこを利用するのも悪くないだろう。

そんなことを考えていると、目の前にやたらとライトアップを施した無理やり高級感を演出する建物が現れた。一目でラブホテルなのだとわかる。

(女性とこの前を通るってのも、なんだか妙な緊張感があるな……)

絢葉と柚希の二人と関係は持ってはいるものの、こういう施設を利用したことはない。興味がないと言えば嘘になるが、いざ利用することを想像すると、少し気恥ずかしかった。

「…………」

突然、円佳の脚が止まった。何事かと思い彼女を見る。

ラブホテルの入口には大きな看板が掲げられ、このホテルの売りを画像を交えて訴えていた。

その中でも大きく面積を使っているポイントに、円佳の視線は釘付けになっている。

「専用プール……ですか」

拓海は円佳の後ろから看板を覗いて呟いた。

写真を見る限り、プールというよりはやたらと大きいジャグジーのような作りをしている。絢葉の自宅プールと比べれば、レベルはまるで異なった。

(でも、こういうホテルでそんな設備を持ってるなんてすごいな……)

もちろん、特別な部屋だけに備えられている代物だろうし、そんな部屋は値段も張るだろう。今やラブホテルはレジャー性を売りにしているという。これもその一環だと思われた。

「……私、今日はまったく泳いでいないんですよ」

ぽつりと円佳が呟いた。昼間の光景を見るに、泳ぎ目的ではなくて子どもの水浴び目的でプールを利用したのだろう。

「…………」

彼女から今までに感じたことのない妙な雰囲気が漂っていた。横顔には儚《はかな》さとともに、女だけが醸《かも》し出せる色っぽさが見て取れる。

本能が良からぬ期待をしてしまう。

（いやいや……そんなこと、まさか……）

円佳はセックスなどにかまけている余裕はないはずだ。ふしだらな妄想すら彼女には失礼であろう。

しかし、すでに二人の年上美女と濃厚な情交を繰り返している拓海には、彼女が漂わせる空気感に心当たりがありすぎた。急速に胸の鼓動は高まって、じわりと身体が汗ばんでしまう。

「……私が入りたいって言ったら、軽蔑しますか？」

看板を見つめながら円佳が言う。

淫靡《いんび》な予感は的中した。たまらずゴクリと唾を飲み込んでしまう。

「い、いえ……そんなことはまったく……」

かすれた声で拓海が返すと、円佳の視線がちらりと向いてくる。

大きな瞳は濡れていた。しかし、情欲の揺らぎは感じない。その視線には縋《すが》りつこうとする心細さが見て取れた。

「じゃあ……あの……」

円佳の片手が静かに動き、拓海の指を軽く摑んだ。

白魚のような指は汗ばんでいるのか、しっとりしている。肉眼ではわからないが、細かく震えているのが伝わってくる。

（これは……断るわけにはいかないよな）

罪悪感のような思いは消えないものの、円佳を落胆させることはできない。

拓海は一度、ゆっくりと頷いた。円佳の手を自分からしっかり繫ぎ直す。

びっくりした表情の後、円佳の小顔が朱色になった。恥ずかしそうに視線を逸らす。

（泉さん、かわいいな……僕まで緊張してきた……）

ふぅ、と息を吐いてから、拓海は円佳の手を引っ張って、ホテルの中へと誘った。

5

土曜日の夕方ということもあって、ホテルはほとんど満室だった。

しかし、目当てのプール付きの部屋だけは空室で、拓海は急いでその部屋を選択する。金のない大学生には恐ろしい金額が提示されていたが、この際、気のせいだということにする。

（まぁ、しばらくはスパゲティに塩コショウかけて食べていればなんとかなるだろ……）

部屋は最上階に位置していた。二人一緒にエレベーターへと乗り込む。

「……水野さん、こういうホテルは使ったことあるんですか？」

「……実は初めてです」

見栄を張って嘘をついても仕方がない。モテなかった過去を晒すようで、拓海は恥ずかしくなってしまった。

「私も似たようなものです。一回や二回くらいはありますけど……もっと古くて暗い感じのホテルでしたから」

そういって円佳は微笑んでくる。しかし、彼女も緊張しているのか、表情はどこかぎこちない。

そうこうしているうちに最上階に着いてしまった。扉が開いて部屋を目指す。

（ずいぶんときれいな造りをしているんだな……なんか南国のコテージみたいな感じだ）

掃除の行き届いた廊下には、ベージュの壁と木目調の柱があり、ところどころにハイビスカスのような造花が置かれていた。ココナッツの甘い香りまで漂ってくる。

部屋は廊下の一番奥にあった。拓海はドアをゆっくり開くと、円佳を先に中へと促す。玄関で靴を脱いでから、いよいよ部屋の中へと入っていった。

「うわぁ、すごいです……」

呆気にとられた様子で円佳が呟く。そのまま突っ立ってしまった。

(たしかに、これは……高いだけはあるな……)

部屋はかなり広くて、自分のアパートの部屋が三つか四つほどは入りそうなほどだった。やたらと大きなソファーにローテーブル、ダイニングルームにあるような椅子とテーブルまで用意されている。その奥にはキングサイズのベッドが置かれ、寝具類はツルツルとしていた。

「プールはあっちみたいですよ？」

ベッドの脇には扉があって、拓海は円佳を傍《かたわ》らにして、その扉を開けてみる。

「ああ、これが……本当にすごいです……」

「確かに……思った以上に立派ですね……」

飛び込んできた光景に、二人して絶句した。

目隠しを施された大きなテラスに十メートルほどのプールが鎮座している。サイドには木の皮を編み目にしたチェアーが置かれていて、ちょっとしたリゾート感も演出されていた。

(もっとチープな感じかと思ったけど……今のラブホテルって侮《あなど》れないんだな……)

思わずため息を漏らすと、円佳がチラリとこちらを見てくる。

「あの……さっそくですけど、泳いでもいいですか？」

恥ずかしさと高揚感の混ざった表情だった。どこか色っぽさも混じっていて、拓海はドキリとしてしまう。

「も、もちろんっ……じゃあ、僕は部屋の隅にでもいますから、着替えちゃってください」

そう言って、そそくさと部屋の中へと戻っていく。

(ここはラブホテル……。そういうこと、をする場所なんだけど、今日はプールが目的なんだ……変な気を起こしたり、期待をしないようにしないと……泉さんだってそういうつもりじゃないはず……だと思うんだけど……)

背後の物陰で服の擦れる音が聞こえる。円佳が肌を晒して、水着に着替えようとしているのだろう。

(あのきれいな白い肌と、たっぷりのおっぱいが……見たい……見たいけど……っ)

高まる男としての本能を、なんとか理性で押さえつける。彼女の境遇を思えば、簡単に手を出すことは憚《はばか》られた。ただでさえ弱っている彼女を、傷つけるようなことだけはしたくない。

「お待たせしました……」

自分の中で葛藤していると、控えめな声が飛んできた。

拓海はビクッと肩を震わせてから、そちらの方に振り向いてみる。

（ああ……泉さん……これはすごい……）

現れた円佳の姿に見惚れてしまった。

瑞々しい白い肌に青いビキニが映えている。ウエストは細く絞まっていて、とても子どもを産んだとは思えない。腰からまろやかに広がる尻のラインも悩殺的だ。

（本当におっぱいが大きいんだな……谷間が深くて、上乳なんかぷるぷるだ）

やはり目を惹くのはたわわな二つの膨らみだった。乳肉は柔らかそうで、しかしそれを覆う肌には張りがある。ぼんやりと室内の照明に照り輝いていて、見ているだけでたまらなかった。

「どう……ですか？」

恥ずかしさを押し殺したような表情で、小声で円佳が尋ねてくる。

（どう、って……これは素直に言っていいんだよな？）

煩悩が荒ぶりそうになるのを必死で自制しつつ、拓海は唇を開いた。

「その……すごくいいです。ものすごく……魅力的っていうか……」

すでに二人の美女と身体を重ねていても、女の身体を目の前にすると緊張してしまう。拓海の声は震えていた。

そんな拓海に円佳は眉をハの字にしながら微笑んでくる。

「よかったです……あの、プール行きましょう」

「は、はい。あ、ごめんなさい、今僕も着替えますね」

緊張と葛藤とで自分が水着を穿《は》くのを忘れていた。

拓海は手早く服を脱ぎ、使用済みの濡れた海水パンツに脚を通す。

（やばいな……チ×コが半立ちになっている。先っぽがヌルヌルになってるじゃないか……っ）

理性を押しのけようとする本能の力は強大だ。下手をすると、完全な勃起体となってしまいかねない。

（水の中に入れば冷えて少しは落ち着くだろうか……頼むから泉さんをドン引きさせる姿にはならないでくれっ）

自らのペニスに願いながら、拓海もプールの準備を終えた。

6

思いきり泳ぐには狭いプールの中で、円佳はパシャパシャと平泳ぎを繰り返していた。そもそも泳ぎの初心者なので、顔には必死さが見て取れる。

「そうです。そのまま焦《あせ》らないで……足の裏で水をしっかり蹴ってください」

円佳は本当に泳ぎたかったらしく、拓海に今だけのコーチになって欲しいと言ってきた。

元から人に教えるのは嫌いではない。中高校時代にも後輩の面倒は見ていたし、それなりに慕《した》われていた自負もある。

(ちょうどよかった。邪な感情を忘れられる……)

円佳の泳ぎを見ては分析し、その都度アドバイスをしていく。そこに煩悩が入り込む余地はなかった。勃起しかけていたペニスはだいぶ収まり、平常時に近い状態になっている。

「はぁ、はぁ……うぶっ、げほげほっ！」

突然、円佳が激しく咳き込む。どうやら息継ぎに失敗して水を飲んでしまったらしい。

「大丈夫ですか？　落ち着いて深呼吸してください」

プールの真ん中で足をついてしまった円佳に近寄っていく。

結果、おのずとたわわな乳房が視界に入ってしまった。

（咳き込むたびに大きく揺れてる……）

青色のビキニトップスに支えられた乳丘が跳ね、周囲に波紋を広げていた。

柔らかい曲面が水を弾き、いくつもの水滴を乗せている。

そんな光景を無視することなど不可能だった。

（エロい気持ちを忘れられる、なんて思ったそばから……）

股間に血液が集中しだしたのが自分でわかった。今すぐ煩悩を忘れなければと思うものの、意識すればするだけ逆効果だ。

あっという間に若竿は、短パンスタイルの水着の一点を突き出させてしまう。

（鎮《しず》まれ……鎮まるんだ。この距離で水の中に視線を向けられたら……っ）

咳き込んでいた円佳がようやく落ち着き、言われたとおりに何度か深呼吸を繰り返す。

ちらりと彼女の視線が向けられた。拓海の顔を見たかと思えば、瞳はそのまま下半身を見つめてしまう。

取《と》り繕《つくろ》うことは不可能だった。

「あ……」

勃起に気付いた円佳が小さく声を出したのがわかった。

(ああ……気付かれてしまった……最悪だ……)

自己嫌悪と申し訳なさが同時に押し寄せ、拓海は彼女から顔を背《そむ》ける。

何を言えばいいのかわからない。妙な空気が二人の間に流れていた。

すると、円佳は恥ずかしそうな上目遣いで、ゆっくりとこちらに近付いてくる。たわわな乳房がゆさりと揺れて、それに呼応するように肉棒が跳ね上がった。

「大きくしてくれているんですね……」

ついに目の前まで来ると、そんなことを言ってくる。

まとめられていた長い黒髪が解《ほど》けて、白い肩や頬に貼り付いた。ただでさえ美しい髪は、濡れてより一層艶やかさを増している。大きな瞳の中で光が甘く揺らいでいた。

(引いていない……むしろ、これって……)

拓海は気付いてしまった。

円佳は発情している。表情は男を求めるそれだった。

「水野さんは……子どものいる女を、そういう目で見れませんか……？」

すがるような視線にドキリとする。水の中だというのに汗が止まらない。

「そんなことはまったく……」

「それじゃあ……いいですよね……？」

円佳の細い腕が伸び、そっと指先が胸板に触れてきた。そのままつつっと滑ってから、背中へと回ってくる。

ちゃぷっと水音を立てながら、円佳が身体を重ねてきた。自信なさげに震える腕で、控えめに抱きしめてくる。

(泉さんの身体、柔らかい……おっぱいがビキニからこぼれそうだ……っ)

信じられないと思いつつも、触れあう肌の感触に耽溺した。むにゅりと変形する乳丘の柔らかさに、ぞくりと全身が総毛立つ。

「はぁ、ぁ……水野さんってがっちりしてるんですね。とても素敵です……」

円佳の吐息はすっかり熱いものに変化していた。濡れた首元を撫でられて、それだけで肌が粟立ってしまう。

「ああ、水野さん……」

円佳はさらに身体を押しつけると、鎖骨《さこつ》付近を舐めはじめる。トロトロの粘膜がゆっくりと這い回り、たまらず呻き声を漏らしてしまう。

(泉さんがエッチなことをしようとしてる……ああ、目がもうとろんとして……)

円佳は背中を撫で回しながら、丹念に身体を舐めてきた。熱い唾液が肌に染みこみ、拓海の煩悩を震わせる。

水中でペニスはついに完全体へと変化して、水圧をもろともせずに何度も大きく脈動していた。

そこに円佳が下腹部を押しつけて、グリグリと圧迫してくる。

(泉さん、すごく積極的だ……もしかして、ものすごくエッチな人なんじゃ……っ)

誰が見ても清楚《せいそ》な黒髪美女が、はしたない本性を持っているのだとしたら。そう考えただけで、興奮が炸裂し、意識が遠くなりそうだった。

「はぁ、ぁ……すごく硬くて大きいです……あぁ……」

円佳の下腹部の動きが大きくなり、押しつける力も強くなる。

刺激に肉棒は敏感に反応した。ビクビクと大きく根元から跳ね上がり、水着の中で卑《いや》しい粘液を噴きこぼす。

「いいですよね……直接触っても……」

濡れた瞳で見上げながら、円佳の片手が水着の中へと忍び込む。すぐに勃起を摑まれた。それだけで背筋に甘い痺れが走り抜け、情けない声を漏らしてしまう。

「うぅ……泉さん」

「違います……円佳って呼んでください。今だけは名前で呼んで。お願い……」

熱っぽい双眸で懇願されては、それに従うより他にない。

「ああ、円佳さん……うあっ」

名前を呼ぶや否や、円佳の手淫が開始された。強すぎず弱すぎずの絶妙な力加減で、剛直を丹念に扱いてくる。

「はぁ、ぅ……本当に硬くて熱くて……たまらないです……」

円佳の吐息はすっかり乱れていた。胸元に吹きかかる熱い呼吸が、拓海の牡欲を沸騰させる。

円佳がついに水着に手をかけた。あっという間に勃起を露出させられる。

「ああ、やっぱり立派です……はぁ、ぁ、すごいぃ……」

舌足らずな口調で呟くと、両手で肉槍を愛撫する。肉幹を撫でさすり、もう片方の手で陰嚢を揉んできた。

（なんて積極的なんだ……こんなの続けられたら、すぐに射精しちゃうよ……っ）

手淫の快楽はもちろんのこと、それを円佳がしているという事実がたまらない。普段は卑猥さなどを感じさせない彼女が、こんなにも熱心に肉棒を愛でている。あからさまなほどに発情し、牝の本能を隠していないのだ。

（僕ももう我慢できない……円佳さんが欲しい……っ）

拓海は呻くように吐息を響かせると、柔らかく揺れる乳房に手を伸ばす。

乳肉が拓海を歓待し指を包み込んできた。その柔和さと弾力とに意識が遠くなりかける。

「はぁ……すごいです、柔らかくてぷりぷりしてる……」

「あぁ、ぁ……もっと揉んでください……こんなおっぱいでいいのなら、水野さんの……ううん、拓海さんの好きにしてください……」

名前で呼ばれるだけで心臓が跳ね上がった。

加速する本能にとって、青い薄布はもはや邪魔なだけだった。拓海は鼻息を荒くしてトップスを上へとずらしてしまう。

瞬間、美麗な巨乳が大きく弾みながら、その姿を現した。

（あぁっ、なんてきれいなおっぱいなんだっ）

晒された乳房に拓海は刮目《かつもく》してしまう。真っ白な乳房は授乳を経たというのに、少しも形が崩れていない。絵に描いたように美しい釣鐘形をして、左右で等しい姿をしていた。

乳暈は五百円玉より少し大きいくらいで、縁は白い乳肌へと滲んでいる。中央部の乳頭は小指の先ほどあり、破裂せんばかりにぱんぱんに肥大していた。

(円佳さんのおっぱい……たまらないっ)

気付くと拓海は両方の乳房を揉みしだいていた。

「はぁ、ぁっ……いっぱい揉んで……あぁっ」

手のひらに余る乳肉が柔らかくこぼれ出て、官能たっぷりに変形する。張りのある乳肌はぴったりと手に吸い付いていた。詰め込まれた乳肉の柔らかさは極上と言うより他にない。

(乳首もこんなに硬くして……っ)

乳房を揉みながら、指の先だけで乳首に触れる。

瞬間、円佳の身体がビクンと跳ねた。

「ひあ、あっ……あ、ああっ……ダメ、感じちゃう……はぁ、ぁんっ」

甲高い声が仕切られているだけの屋外に木霊した。

拓海は左右それぞれの乳頭を休むことなく刺激し続ける。指先で弾いては乳暈を撫で回し、軽く摘まんでは指の腹で転がした。

「あ、ああっ……乳首気持ちいい……はぁ、ぁ、すごい感じるぅ……っ」

白い喉を晒しては半裸の身体が細かく震える。

一方で肉棒はしっかりと握り続けられていた。悦楽に時折止まったりはするものの、手淫を止める気配はない。

同時に彼女の腰が前後左右に動き続ける。男を誘うような卑猥な素振りに、拓海の意識は引き寄せられた。

(円佳さん、もしかしてもう濡れまくってるんじゃ……)

すでに情交済みな絢葉と柚子希の二人は、腰を動かしている時にはあふれるくらいに濡らしていた。同じ女である以上、円佳だってそうであろう。

拓海は片手を乳房から離し、ゆっくりと水中へと潜らせる。

ツルツルとした薄布をなぞってから、いきなりクロッチの中に指を滑り込ませた。

瞬間、円佳の身体がビクンと跳ねる。同時に指先に灼熱の粘液が絡みついた。

「ああっ！　はぁ、ぁ……いきなり触っちゃ……はぁ、ぁんっ」

円佳が拓海の腕にしがみつき、身体を不規則に強張らせる。

濡れた瞳はますます蕩け、さらなる愉悦を求めていた。

（めちゃくちゃ濡れてる……それに、ものすごく熱い……っ）

粘膜のあまりの発情ぶりに驚愕した。膣口の表面に触れただけだというのに、粘膜が指を求めて吸い付いてくる。早く中に来てほしいとばかりに、蜜壺がうねっているのがよくわかった。

（クリもパンパンに膨れ上がって……すごいコリコリしてる）

包皮を脱ぎ捨てた陰核に愛液を塗り付ける。

腰が鋭く跳ね上がり、しがみついていた手が爪を立てた。

「あぁあんっ！　気持ちいい……ああ、ぁっ、気持ちよすぎて……ふぁ、ぁっ」

甘い声を響かせて円佳の腰が揺れ動く。指の動きに合わせているのかと思ったが、よくよく見ると、自ら愉悦を求めているのだと気が付いた。

（すごい……円佳さん、めちゃくちゃエッチじゃないかっ）

絢葉と柚希も十分卑猥だが、円佳はそれ以上だと拓海は思った。

円佳の腰の動きはますます加速し、ばちゃばちゃと水面に波を立て続ける。

水の中でも淫液のとろみはしっかりと確認できた。愛液の湧出は止まることなく、指や周囲に絡みつく。

「拓海さん……ああ、もっと弄って……中も……ああ、早くぅ……っ」

辛抱たまらないといった感じで、円佳が拓海の手を取った。指を姫割れに押し付けさせて、中へと強制的に誘っていく。

「あ、ああっ……入ってきた……うぅ、んっ！」

「うわ、ぁ……すごいトロトロです……はぁ、ぁ……」

円佳が股間を指へと押し付け、あっという間に中指が彼女の中へと埋まってしまう。すぐに媚膜が包み込んできた。蕩けた隘路《あいろ》が蠕動し、期待と歓喜を訴える。

「気持ちいい……気持ちいいっ……こんなの……あ、ああんっ！」

締まりのなくなった表情で、あけすけに快楽を訴える。

拓海の指を支点にして、円佳は複雑に腰を動かしてくる。媚膜は絶えず収斂し、きゆうきゆうと指を締め付けた。

(指一本でこんなに感じるなんて……もし、もう一本増やしたら……)

拓海の中で牡としての貪欲さが頭をもたげる。

この程度の性戯で乱れるのだから、さらに刺激を増やしたならば、より卑猥になるのは想像に難《かた》くない。

(円佳さんのいやらしい姿、もっと見せてほしい……っ)

拓海は中指に添わせるように薬指を挿入する。そして、二本の指でクッと蜜壺の手前側を圧迫した。

「ひぎっ！　あ、ああっ……うあ、ああっ！」

円佳が目を見開いて、淫らな叫び声を響かせる。身体の震えから一拍おいて、たわわな乳房が重そうに揺れ弾んだ。

(すごいっ。さっきよりも反応が激しくて……おま×こもすごい締まってるっ)

女体の本能的な反応に、気持ちは逸《はや》る一方だった。

肉棒はこれ以上は待ちきれないとばかりに、ビクビクとあさましい脈動を繰り返す。

「拓海さんのおち×ちん、さっきよりも硬くなってます……」

勃起を撫でさするだけでなく、強弱を交えて握ってくる。それだけで甘やかな愉悦が込み上げて、拓海はたまらず呻きを漏らした。

「拓海さんも気持ちよさそう……ああ、嬉しい……」

恍惚《こうこつ》とした表情で呟く円佳が、そっとペニスから手を離す。

刺激のなくなった肉棒が、もっと愉悦が欲しいとばかりに根本から大きく脈動した。

「うふふ……すごくビクビクして……もう我慢できないんですね……」

艶然と見上げてくる円佳が背伸びして、拓海と口づけを求めてくる。

唇が重なるとすぐ、彼女のほうから舌を滑り込ませてきた。そのまま悩ましい動きで拓海の舌に絡みついてくる。

「んんっ……んふぅ、ぅ……ああ、キスも上手……」

うっとりとした様子で円佳は呟き、さらに舌をねじ込んできた。

(円佳さんも上手い……というか、とっても情熱的で……キスしているだけで、ぼぉっとしてしまう……)

ちゅぷじゅると音を立てて唾液を混ぜ合わせる。彼女の口腔内は蜜壺と同じくらいに蕩けていて、とても甘く感じられた。続ければ続けるだけ、多幸感に酔ってしまう。

「はぁ、ぁ……拓海さん、私、もう我慢できません……っ」

舌先で唇を舐め回しつつ、円佳が切なそうに呟いた。

抱きついていた手が離れ、自らの腰へと移動していく。青いビキニパンツは腰紐で留められている代物だった。

その結び目を指先で摘まんで解いてしまう。

「ま、円佳さん……んぐっ」

拓海の言葉は唇と舌とで封じられた。

プールは一辺に段差が設けられていて、胸元を出す高さで腰をかけられた。拓海は円佳に押されて、そこに座らされてしまう。

「本当はベッドでするべきなんでしょうけど……そこに行くまでが惜しいです……もうこれ以上は……っ」

極端にまで発情した円佳は、はぁはぁと熱い吐息を繰り返す。真っ白な肌はすっかり上気し、鎖骨付近までピンク色に染まっていた。

張り詰めた豊乳がぷるんと揺れる。乳首はこれ以上無いほどに肥大して、指先でつつくだけで破裂しそうなほどだった。

「拓海さん、もっと気持ちよくなって……私で思いっきり……っ」

拓海の下半身を跨いだ円佳が、丸出しになった股間を近づける。

痛いほどに反り返った肉棒を手に取って、切っ先を自らの中心へとあてがった。姫割れ周辺の水がやけに熱い。漏れ出た淫蜜が膨れあがった亀頭を撫でた。

「円佳さん、その、ゴムは……っ」

「そんなものいりません……直《じか》に感じて？　私に拓海さんを直に感じさせて……っ」

牝欲に燃える瞳が至近距離から拓海を見つめる。抗うことなど不可能だった。

目の前の水の中で、彼女の下腹部がゆっくり揺れる。亀頭の感触を確かめるように、姫割れの表面が亀頭を撫でてきた。

「ああ、すごい……これだけで感じちゃう……ああ、ぁ……」

唾液に濡れた唇から甘ったるい声を漏らしてくる。半開きのそこから覗く柔舌は、たっぷりの唾液をまとっていた。緩慢に蠢《うごめ》く様はあまりにも官能的だ。

(これが円佳さんの本性なのか……こんなにきれいで普段は優しげな人が……本当はとんでもなくいやらしいだなんて……っ)

心の中で驚きを叫んだ刹那、切っ先を柔らかくて熱いものに包まれる。甘美な痺れが瞬時に駆け抜け、脳髄を震わせた。

「はあ、ぁ……おっきぃ……はぁ、ぁ……ああ、あぁんっ！」

バチャンと水面に波が立ち、それと同時に淫らな叫びが木霊した。

肉棒は一気に円佳の中に飲み込まれる。パンパンに張った亀頭と肉茎に蕩けた媚膜が密着した。

「うあ……ぁ……円佳さんの、熱くて……絞まる……っ」

拓海はたまらず歯を食いしばる。込み上げる愉悦は圧倒的で、気を抜くとすぐにでも果ててしまいそうだった。

「くぅ、んっ……あ、ぁ……中が押し広げられて……うあ、ぁ……っ」

挿入した衝撃は円佳にとっても強大だったらしい。濡れた裸体が細かく戦慄きを繰り返していた。漏らす吐息まで震えてしまい、瞳を見開いて焦点を虚空に彷徨《さまよ》わせている。

(絢葉さんや柚希さんだけでなく……円佳さんとまでゴムなしでセックスなんて……いったい僕の生活はどうなってるんだ……っ?)

ありえないことの連続が、先日まで童貞だった青年を混乱させる。

しかし、結合部から込み上げる愉悦と幸福感は強力で、そんな雑念は押し流されてしまう。

若いシングルマザーと蜜壺の奥底で結合しつつ、拓海は骨の髄まで痺れ続けるしかなかった。

7

(私ったら、本当にこんなことをしてしまうなんて……っ)

青年のたくましさに耽溺《たんでき》しつつ、円佳は自分が自分で信じられなかった。

恋人でもない男性と、しかも年下の大学生と行きずりのような形でセックスを始めてしまった。それも、避妊具もなしで剛直を深々と受け入れている。

（それも……私から生で求めてしまうなんて……私ってこんなにはしたない女だったんだ……）

昔から多くのアプローチを受けてはきたが、それを受け入れたことなど片手で数えるほどしかない。過去のセックスだって恋人関係になってからのものしかなく、発作的に身体を求めるなど汚らわしいことだとすら思っていた。

（なのに我慢できなかった……今日、プールで拓海さんを一目見たときから、どうしようもなく縋《すが》りつきたくて……）

子どもを奪われかねないという極度の不安とストレスが、普段の円佳ならばあり得ない行動に突き動かしているのかもしれない。

だが、そんな予想はすぐにもう一人の自分が否定する。

（違うわ……私は本当はものすごく卑猥な女なの……周囲の目や世間の常識を意識して、本当の自分を押し殺してきただけ……本当は欲望に素直になって、動物のように求め合いたいって思っていたのよ……っ）

もちろん、相手が誰でもいいというわけではない。拓海が相手だから誘ったのである。彼のことは前から気にかけていたのだ。

（今日まで直接話したことはなかったけれど、思った通りに素敵な人だった……他人にとっては耳障りであろう私の話を、あんなにしっかりと聞いてくれて……）

弱っていた円佳の心に、拓海の実直さが温かかった。

気付くと、円佳は彼を男として欲していたのだ。

（このホテルに入るのだってそう……本当はプールなんてどうでもよくて、こうやって繋がるための方便に過ぎなかったんだから……っ）

考えれば考えるほどに、自分はなんてずるくて卑猥な女なのかと自覚する。

しかし、もう止まれなかった。肉体は牝の本能に忠実となり、拓海との結合に耽溺している。圧倒的で甘い愉悦がさらに欲しくて仕方がない。

「ううっ……円佳さんの中、めちゃくちゃ気持ちいいです……あぁ……っ」

拓海が表情を歪めながら、たまらないといった感で呻いてくる。

媚膜を押し広げる勃起が大きく震えた。蜜壺の奥底を亀頭で撫でられ、それだけで脳髄まで甘く痺れてしまう。

「はぁ、ぁんっ……私も気持ちいいです……ああ、拓海さんのすごいですぅ」

はしたない牝鳴きとともに、あさましい言葉が漏れてしまう。

悦楽を渇望する蜜壺が勝手に腰を動かした。自ら股間を押し出して、子宮口を擦りつけてしまう。

「あぁ、んっ……はぁ、ぁっ……もっと……もっと欲しいですぅ……っ」

懇願する声色は、自分でも驚くほどに卑猥なものだ。

その羞恥が牝欲に直結し、自分自身をさらに燃え盛らせる。

ググッと最奥部を押しつけて、たくましい男根をめり込ませてしまう。

「あ、ああっ！　いいの……はぁ、っ、すごいいです……これ、すごいのっ、素敵ですぅ……！」

大きく足を開いて、勃起がさらに奥へと来るようにする。その状態で自ら腰を前後に振った。水の抵抗をもろともせずに、必死になって悦楽を貪る。

(気持ちいいのっ、たまらないのっ。もうおち×ちんが欲しいってことしか考えられない……っ)

円佳の求めに若竿は硬さと脈動をもって応えてくる。パンパンに膨張した蜜壺を亀頭でノックされるだけで、途方もない多幸感が押し寄せた。そのたびに意識が白くぼやけてしまい、全身が軽く硬直する。

「円佳さんっ、そんなに腰を振られると……ううっ」

拓海が切迫した様子で呟いて、苦悶に顔を歪ませる。

膣奥で勃起がビクビクと忙しなく脈動していた。太さが先ほどよりも増している。

(イきたいのね……このままじゃ中に出されちゃうっ)

膣内射精の恐怖が円佳を襲う。しかし、それは一瞬だった。

「いいんですよ、イっても……思いっきり出してっ！」

全体重を結合部に集中させた。剛直が最奥部にめり込んで、目の前に星が舞う。

円佳は歯を食いしばり、その状態で力任せに腰を振る。

(出して出してっ。私の中に全部出してっ。拓海さんを私にちょうだい……っ)

理性よりも牝欲が勝ってしまう。牝としての本能が、牡の子種を欲していた。その結果がどうなろうと、今の円佳にはどうでもいい。

「このままイってくださいっ、出してくださいっ、中に出してっ、一番奥に全部くださいぃ！」

拓海の背中や肩に爪を立てて絶叫した。母親である自覚など既にない。もはや円佳は一匹の卑猥な獣へと成り果てていた。

「ううっ、円佳さんっ、出ますっ、ああっ出る……！」

拓海が短く叫んだ刹那、剛直を強烈に打ち上げられた。

子宮口が押しつぶされたと感じた瞬間、猛烈な勢いで灼熱液が浴びせられる。

「ひぎぃ、ぃ！　あ、ああっ、うあ、ああっ、はぁぁんっ！」

今までにない痙攣が全身を襲い、目の前が激しく閃光する。

（イくっ、イっちゃう……中出しされてイくぅ！）

絶頂を叫ぶ余裕すらなかった。言葉にならない悲鳴をまき散らし、円佳は何度も身体を跳ね上げる。

膣内が焼けるように熱かった。若竿の硬さも相まって、牝膜が未知の多幸感に支配される。

（こんなセックス知らないっ。こんなにセックスが気持ちよかったなんて……っ）

絶頂はなかなか引かなかった。視界も脳内も真っ白に覆われて、四肢の先まで広がった強張りはいつまでも解けようとしない。

「う、あ……円佳さん、締めすぎ……ううっ」

牡の本能ゆえなのか、拓海は剛直を突き上げたまま、さらにねじ込み続けてきた。

子種液の一滴もこぼすなと言われているようで、そんな被支配感が円佳をますます陶酔させる。

（こんなのダメ……私、ダメになっちゃう……なのに、もっと欲しいって思っちゃう……ああ、こんなのいけないのに……）

絶望と歓喜がない交ぜになった状態で、円佳は心も身体も震わせ続けるのだった。

8

拓海はベッドで大の字になりながら、甘やかな愉悦に酔いしれていた。

むき出しの肉棒が温かくて柔らかいものに包まれている。ねっとりと絡みつく粘膜に、時折、ピクンと腰を震わせていた。

「んあ、ぁ……さっき出してくれたのに、もうガチガチ……すごい、ぃ……」

舌足らずな口調で円佳が言う。見つめてくる瞳はすっかり蕩け、妖しくも美しく輝いていた。

(円佳さんのフェラ、気持ちよすぎる……ああ、ずっとされていたいくらいだ……)

プールで膣内射精をしてからすぐにベッドへと移動した。身体を拭《ふ》くのもそこそこに、円佳に誘われてベッドで仰向《あおむ》けになると、間髪入れずに頬張ってきたのだ。

「はあ、ぁ……たまらないです……拓海さんのおち×ちん、好きぃ……」

うわ言のように呟きながら、ねっとりと舌を滑らせる。

亀頭を飴玉のように舐め回し、肉茎を丹念になぞって、陰嚢を口に含んで舌の腹で転がしてくる。そして、切っ先から根元までを一気に飲み込んだ。そんなことを何度も繰り返してくる。

（本当に……冗談でもなんでもなく、絢葉さんや柚希さんよりエロい……）

三人の中で一番の年下で、清楚な印象のある円佳が、こんなにも色事に積極的だとは思わなかった。外面からのイメージと卑猥な本性とのギャップに、本能はとっくに再沸騰している。

「すごいビクビクしています……ああ、先走り汁もいっぱい……んちゅ」

ぽっかり開いた鈴口を舌先で穿《ほじ》り、唇を窄めて啜《すす》ってくる。

じゅるると吸われる感覚に、腰が勝手に震えてしまう。

「うあ、あぁ……それヤバいです……ああっ」

「んふふっ……じゃあ、もっとヤバくしちゃいますからね……んぐ、ぐっ」

恐ろしいほどに淫らな笑みを浮かべて、円佳はなおも肉棒を頬張り続ける。

拓海の腰をしっかり摑んで、喉奥まで勃起を堪能していた。苦しい素振りは微塵も見せず、口淫にただただ耽溺し続ける。

（こんなの続けられたら、また出てしまう……チ×コの震えが止まらない……っ）

円佳の口腔内で肉棒はあさましく脈動を繰り返していた。とめどなくカウパー腺液が湧出するが、それでも円佳は止まらない。

肉棒の根元は漏れ出た円佳の唾液でベトベトだ。彼女の口周りも汚れているが、まったく気にする様子はなく、むしろさらに汚そうとしているのではと思われた。

「んあ、ぁ……はぁ、ぁ……止まらないですぅ……硬くて太くて……ああ、本当にやめられない……」

熱い吐息とともに卑猥な言葉を漏らしてくる。

彼女は上半身をベッドに倒し、尻だけは高々と突き上げていた。

丸くてむっちりとした桃尻が物欲しげに揺れている。フェラチオが続くごとに揺れ幅は大きくなり、そのスピードも徐々に速くなっている。

(円佳さんもめちゃくちゃ興奮している……アソコはどうなっているんだ……)

この発情ぶりを考えれば、姫割れは相当な状態なのであろう。愛液を大量にあふれさせているに違いない。

(円佳さんのおま×こを見たい……さっきは水の中だったから見れていないし)

拓海はしゃぶりつく円佳の頭を掴むと、そのまま肉棒から離させた。たっぷりの唾液をまとった威容は、呆れるほどに跳ね上がりを繰り返している。

「はぁ、ぁ……もっとしゃぶらせてください……もっとおち×ちん欲しいんです……」

「僕だってもっとしゃぶって欲しいです。けれど、僕も円佳さんのが欲しい……僕におま×こを舐めさせてください」

拓海の願いに円佳は少しだけ恥ずかしそうにした。

しかし、すぐに意図《いと》を察して身体を起こす。

「そんな……見せるようなものじゃないですけど……ああ、ぁ……」

緩慢な動きで身体を反転させて、拓海の顔を跨いだ。

眼前からくちゅっと卑しい粘着音が聞こえてくる。拓海は感嘆して目を瞠った。

(ああ、すごい……周りまでドロドロで……今にも滴ってきそうだ……っ)

蜜まみれの淫華が満開になっていた。二枚の花弁は肉厚で大きく、小豆《あずき》を半分にしたくらいの陰核が包皮を脱いで膨れている。それらを縁取る陰毛は細くて短く、白い肌に滲むようだ。

「ああ、まじまじと見ないでください……恥ずかしいですぅ……」

円佳は羞恥を訴えるも、その声色は淫蕩さに酔ったもの。見られることに悦《よろこ》びを感じている気配すらあった。

それの証拠を表すように、鮮やかなピンク色の粘膜がきゅっと収縮する。内部の愛蜜を絞り出し、とろみの強い雫を拓海へと垂らしてきた。

「ああ、円佳さん……っ！」

もはや辛抱できなかった。拓海は彼女の名前を叫ぶや否や、淫華に唇を押し付ける。

「ひあ、あっ……あ、ああっ、いきなり中は……はぁ、んっ！」

花蜜を求めて舌を伸ばす。トロトロの媚膜が歓待の締めつけを繰り出してきた。

(これが円佳さんの味……ああ、すごくトロトロでたまらない……っ)

愛液に味などあるはずがないが、今の拓海にはとても美味に感じられた。まるで上質な甘露のように甘い。

「ああ、中をペロペロされてるのがわかります……くぅ、ぅ……そんな奥までぇ……っ」

「円佳さん、ダメですよ。ちゃんとチ×コを根本までしゃぶってください」

拓海が急《せ》かすと、円佳はすぐに肉棒を頬張った。口淫の愉悦にくぐもった喘ぎ声を響かせながら、必死に口腔粘膜で上下に扱く。

(うう、さっきよりも積極的だ……チ×コの隅々まで口の中が吸い付いてくる……っ)

淫悦を感じながらの口淫は、円佳の牝欲を刺激しているらしい。唇から響く粘性の水音は大きくて、寸分たりとて途切れない。

（僕もしっかり舐めなきゃ……円佳さんをさらに淫らにさせるんだっ）

拓海はねじ込んだ舌を乱舞させ、膣口に唇を密着させては啜ってしまう。ジュルルと下品な音が立ち、それに合わせて円佳の悲鳴が聞こえてきた。

「はぁ、ぁっ……啜っちゃダメですっ！　そんなの汚いからっ、ダメなのにぃ……いぃいんっ！」

懇願は甲高い牝鳴きに上書きされた。

拓海は膣膜を吸引しながら、膨らみ続けていた牝芽を撫でる。案の定、鋭い反応が返ってきた。

（すごい反応だ……おま×この中がさらに締まって、収縮も速くなってる……っ）

円佳はまだ乱れる余地を残している。もっと淫らにしなければならない。

拓海は膣内から舌を抜き、今度は牝芽を舐めあげる。同時に蜜壺には指を挿し入れ、弱点であろう部分を圧迫した。

「ひぎ、いっ！　そ、それっ……あああっ、すごいのぉ！　感じ過ぎちゃいますぅっ！」

絶叫が室内に木霊した。おそらく隣の部屋にまで聞こえているのではないだろうか。

（おま×この中がさっきよりもうねうねしてる……ああ、すごく膨れてきたっ）

恥丘の裏側あたりが急速に盛り上がり、膣口の方へと脈動している。

柚希とまったく同じ現象だった。この先に訪れる結果は一つしかない。

「はぁ、ぁああっ！　ダメですっ！　なんか出ちゃうっ！　イヤっ、イヤぁああっ！」

口淫をする余裕のなくなった彼女は、激しく頭を振り続ける。

球のような汗を浮かべた白肌がビクビクと戦慄いた。

パンパンに膨れ上がった媚膜を、手前へと掻き出してみる。

瞬間、円佳のこらえていたものが決壊した。熱い淫水が一気に拓海へと噴きかかる。

（うわっ、すごい量だっ。ああ、まだ出てくる……っ）

潮の噴出はなかなか終わらない。びちゃびちゃと拓海の顔面に降り注ぎ、顔も髪の毛もぐっしょりになってしまう。

しかし、少しも不快には思わなかった。むしろ、自分にここまではしたない姿を晒してくれたことに、感謝すらしたくなる。

「ああ……はぁ、ぁ……ご、ごめんなさい……ごめんなさいぃ……」

衝撃から戻った円佳は、拓海の惨状を見るや、カタカタと震えだした。大変なことをしてしまったと感じているらしい。

「謝ることじゃないですよ。その……僕は嬉しいんです。円佳さんがこんなにも乱れてエッチな姿を見せてくれたことが」

傍らにあったタオルで顔を拭い、努めて落ち着いた声で言う。

それでも円佳は申し訳ながっているようで、顔を俯かせてしまった。

だが、眼下にそびえ立つ肉棒を見つめるや、「ああっ」と熱い声を漏らす。

ペニスは痛いくらいに膨張しきっていた。これ以上は肥大できないのに、血流が止まらない。ビクビクと絶え間なく脈動し、なおも先走り汁をちびり出していた。

「僕は円佳さんの姿に興奮しているんです。だから、もうそんなに……」

円佳を安心させたくて、拓海は少し恥ずかしく思いながらも言葉をかけた。

「……はぁ、ぁ」

円佳が細かく身体を震わせている。

どうしたのかと思った刹那、ガバッと身体に覆い被《かぶ》さってきた。

「ま、円佳さんっ？」

「拓海さんはずるいです。そんな優しいことを言われたら私……っ」

クッと彼女の腰が持ち上がり、びしょびしょの股間が切っ先に擦りつけられる。

すぐに亀頭に蜜膜が密着してきた。ぐずぐずに蕩けた姫口が、当たり前のように先端を受け入れる。

「さっきよりも我慢できないです……ごめんなさい、ワガママでごめんなさい……あ、ああんっ！」

謝るや否や、肉筒を媚膜に包まれた。やや強めの締め付けに、思わず拓海は身体を仰《の》け反《ぞ》らす。

「あ、ああっ……奥まで来てる……うあ、ぁ、中がいっぱいぃ……っ」

ググッと体重を結合部にかけ、子宮口を押し付けながら腰を振る。

ドロドロの陰唇がグチュグチュとはしたない水音を立てていた。それとともに、円佳の甲高い嬌声が広い室内に反響する。

「ああっ、んっ……ゴリゴリするっ……おま×この奥が潰れて……はう、うんっ！」

円佳の腰の動きは徐々に激しさを増していく。まさに快楽に溺れているようだった。

(円佳さんが乱れている姿、本当にきれいだ……見ているだけでめちゃくちゃ興奮するっ)

白い身体は大量の汗に濡れ、部屋の明かりで照り輝いている。艶やかな黒髪が顔や首、肩などに貼り付いて、強烈な色気を演出していた。

そんな状態で彼女は必死になって快楽を貪っている。柳眉をハの字にし、眉間に深く皺を刻んで、だらしなく半開きとなった唇から甘い牝鳴きを途切れさせない。

（おっぱいも、こんなにブルブル震わせて……っ）

身体の動きから少し遅れて、たわわな乳房が弾んでいた。授乳を経てもなお瑞々しさを失わぬ乳肉を、無意識につかみ取る。そのまま乱雑に揉み回した。

「ああっ、もっと揉んでくださいっ。おっぱい好きにしてっ。もっとグニグニしてぇ」

円佳の卑猥な懇願に、拓海はすぐに応えてやる。

柔らかさと弾力とを併せ持つ乳肉に指を沈め、グッグッと中まで揉み込んだ。汗に濡れた乳肌のぬめりも相まって、極上の揉み心地だ。

（揉んでるだけで気持ちいい……うう、チ×コも気持ち良すぎてたまらないっ）

快楽が勝手に拓海の腰を動かした。最奥部にはまり込んだ状態で、ズンっと切っ先を押し上げる。

「あがぁ、っ！　そ、それダメっ。感じ過ぎちゃうっ、狂う……っ！」

円佳が目を見開いて、信じられないといった感で拓海を見下ろす。

だが、拓海はもう止まれなかった。揺れ弾む豊乳を揉みながら、何度も腰を突き上げる。

「ひぃ、ぃんっ！　すごいのっ、こんなのダメっ、ダメぇ！」

喘ぎは叫び声となっていた。淫悦に蕩けていた顔は、苦悶するようにくしゃくしゃになっている。

(気持ち良すぎるっ。ダメだ、僕ももう止まらないっ)

円佳に追い打ちをかけるように、硬く実った乳芽を摘まむ。そのまま指の腹で押しつぶし、クリクリと転がした。

白い裸体が強張りながら細かく震える。彼女はもはや言葉を紡《つむ》げず、錯乱したように牝鳴きを響かせるだけだ。

「円佳さんっ。もっと……もっと円佳さんをくださいっ」

拓海は身体を起こして、汗まみれの円佳を抱きしめる。

そのまま背後に押し倒し、正常位の姿勢に移行した。

彼女を真上からマウントし、肉槍で重い衝撃を打ち込む。

「くあ、ああっ！　それは……はぁ、あぁあんっ！」

円佳が再び目を見開き、ガタガタと激しく震えた。

拓海は一切躊躇せず、剛直を打ち込み続けていく。ドロドロの隘路を掘削し、肉傘で愛蜜を掻き出し続ける。

結合部は汗や愛液、潮などが混ざり合い、濃厚な淫臭を撒き散らしていた。白濁化した粘液に塗《まみ》れた光景も相まって、息を吸うだけでもクラクラとしてしまう。

（そんな顔して僕を見つめるなんて……ずるいのは円佳さんのほうじゃないかっ）

一切の余裕がない円佳は、顔を真っ赤にして喘ぎ叫んでいた。額やこめかみからはいくつもの汗の雫を垂れ流し、蕩けきった双眸の目尻からは、汗と違う雫が流線を描いている。

（こんなの……もう我慢できないっ。もう出る……射精するっ）

牡欲の源が股間の奥底で激しく沸騰し、まもなく暴発しようとしていた。とうてい自分には制御できそうにない。

突き入れる肉棒は狂ったように脈動し、円佳の膣壁を強烈に刺激し続けていた。

「拓海さんっ、ああっ、拓海さんっ！」

円佳が腕を伸ばしてくると、力一杯に引き寄せてくる。

同時に腰に両脚を巻き付けてきた。がっちりとホールドされて、亀頭と子宮とを限界まで近付けてくる。

「円佳さんっ、もう僕……っ」

「はぁ、ぁっ、出してっ。また中にくださいっ。おま×こも子宮も拓海さんでいっぱいにしてぇっ」

感極まったように叫んでから、強引に口づけを求めてくる。

すぐに舌を挿し込んで、暴れるように舐め回してきた。唇を大きく開けて、互いの口腔を一つにしようとする。もはやキスという次元ではなかった。

（もうイくっ、出るっ、出るぅ！）

脳内で叫んだ刹那、腰が砕けるような衝撃に襲われた。膣奥に切っ先をねじ込みながら、渦巻いていた牡欲の全てを噴出させる。

「んぶっ！　んんっ、んぐぅっ、ぅっ！」

跳ね上がる肉棒に媚膜を叩かれ、灼熱の白濁液に蜜壺を焼かれる。

円佳の全身が一気に鳥肌と化し、渾身の力で拓海にしがみついてきた。

「イくっ、イくぅっ！　ああっ、壊れるっ、うあ、あぁぁっ！」

絶叫した後、唇から舌を垂らして硬直した。背骨や首が折れそうなほどに反り返り、そのままの姿勢で痙攣する。拓海が今までに見たどの絶頂よりも壮絶で卑猥だった。

（ああ、まだ出る……全部、搾り取られる……っ）

淫膜の締め付けは凄まじく、最後の一滴まで求めてきた。

ようやく全てを放ち終えると、全身の力が抜けてしまう。なんとか肘をベッドについて、円佳へと崩れ落ちないようにした。

「うあ、ぁ……ふぅ、ぅ……かはっ……はぁ、ぁ……」

円佳はうわ言のように声を漏らして、裸体をベッドに投げ出していた。襲われた喜悦の激しさを物語るように、ビクビクと不規則に身体を震わせている。白い肉体は汗に濡れそぼち、周囲のシーツまでもがぐっしょりの状態だった。

(やり過ぎちゃったかな……いくら興奮しまくったからとはいえ……)

反省と申し訳なさを感じていると、円佳がうっすらと瞼《まぶた》を開けて、黒曜石のような瞳を向けてきた。思わずドキリとしてしまう。

「拓海さん……凄かったです……こんなの、私……知らないです……」

甘ったるい声でたどたどしく言うと、拓海の後頭部に手を添えた。顔を近付け口づけしてくる。

先ほどとは違って穏やかで優しい。まるで気持ちを確かめあう恋人同士のキスのようだ。

(すごく幸せだ……ずっとこうしていたい……)

込み上げる多幸感に、拓海はしばし酔いしれた。

第四章　お返しは3Pで

1

昼下がり。スイミングスクールはいつもと変わらぬ日常の光景が広がっていた。

もっとも、それは表面上のものであり、拓海の内心は落ち着かない。

(円佳さん、ちらちらとこっちを見ては顔を赤くして……ああ、かわいいなぁ……)

円佳は初心者コースを受けながら、プールサイドで雑用をする拓海に視線を向けてくる。その瞳はまさに恋する乙女のそれであり、拓海は気恥ずかしくて仕方がない。

(でも、円佳さんは知らない……僕が他にも……絢葉さんや柚希さんとも関係していることを……)

今、このプールにはまさに肉体関係を持つ三人の女が同時にいた。

をしている。

絢葉は勢いよくクロールを繰り返し、柚希は少し離れたところで備品のチェックをしている。

（今更だけど、今の状況ってとんでもないよな……まさか僕が、こんなに爛れた生活を送るだなんて……）

円佳と初めて交わったあの夜は、お互いの体力が尽きるまで求め合った。その後もタイミングを見計らっては、何度も身体を重ねている。ついには彼女の自宅に呼ばれて、子どもが帰ってくるギリギリの時間まで逢瀬《おうせ》を愉《たの》しんだことすらあった。

（円佳さんは本当にエッチな人だ……エッチすればするごとに、どんどん淫らになっていくんだもの……）

よほど自分と相性がよかったのか、彼女の求めと反応は回数を経るごとに激しくなっていた。

（あの状態じゃ、円佳さん……いったいどこまでエッチになるんだろう……）

円佳の乱れた姿を思い出し、ドクンと股間が疼いてしまう。あの揺れ弾む乳房と、すぐに体液でぐっしょりにしてしまう股間、むちむちで触り心地の良い桃尻に猛り狂わせる淫らな表情。ペニスを肥大させるには十分すぎるほどの記憶だった。

（まずいまずい……ここで勃起なんかしたらダメだっ）

拓海は円佳に背を向けて、なんとか意識から追い出そうとする。

だが、一度火の点いた煩悩は、なかなか消えるものではない。あっという間に逸物は反り返り、隠すことに必死になった。

（うう……後ろから円佳さんの視線を感じる。今は水泳に集中してくれ……っ）

拓海は一人、そう祈りながら手早く作業を進めていった。

そんな自分に年上美女の二人が、不敵な笑みを浮かべていることに、まったく気づく余裕はなかった。

2

「拓海くん、ちょっと来てくれる？」

プールサイドでの仕事から少しして、拓海は柚希に呼び止められた。

「はい？　どうしたんですか？」

拓海が振り向くと、彼女は意味深に微笑んでいる。

イヤな予感がした。

（またどこかに連れていかれて、エッチなことに誘われるんじゃ……）

柚希も円佳に負けず劣らずの卑猥な女に変わってしまった。あのシャワールームでの結合以来、彼女から求められた回数はもはや数え切れない。特に、柚希の場合は職場である施設内で求めてくることが多いのだから、他の人にバレやしないかと気が気でないのだ。

「ふふっ、まだ水野くんが行ったことのないところに連れていってあげる」

含みを持たせた言い方にゾワリとした。わざわざ自分をそこに連行するということは、良からぬことをしようというのではないか。

「……あの、何度も言っていますけど、まだ仕事中ですよ？」

「そんなの……今更じゃないの。あなただって私の求めに応じて、私の中に何度も射精して……」

柚希が一歩近づいて、そっと耳元に唇を寄せた。

「おま×こに拓海くんの精液入っていないと落ち着かなくなっちゃった。私を淫乱にした責任は取ってよね……」

そう言って、熱い吐息で耳朶を撫でてくる。

たまらずブルッと身体が震え、股間に宿る熱が増す。

「とりあえず、早く行こう……あんまり待たせるのは良くないからね」

(待たせるって……もしかして)

拓海を待っている人が、もういるということか。思い当たる人物は一人しかいない。イヤな予感は的中したらしい。もっとも、それは単純な恐怖というよりも、異常なまでの卑猥さという意味だ。

(僕、身体もつのかなぁ……)

期待と不安が妙に混ざり合った気持ちを抱えて、拓海は柚希の後ろについて行った。

スイミングスクール一階の一番奥に目的の部屋はあった。

ドアの脇に掲げられたプレートには「社長室」と刻まれている。この部屋だけドアの材質が異なっていて、一目で高級なものだとわかった。

「連れてきました」

柚希が控えめにノックをしてから、室内へと声をかける。

「はい、どうぞ」

いつもの声と比べてビジネス的な硬さを感じる声がした。だが、聞き間違えるはずがない。絢葉の声だった。

柚希がゆっくりとドアを開ける。

（これが……社長室）

拓海が住んでいるアパートの部屋が三つは入りそうな広さがあった。手前には来客用に使うのか、ソファーがローテーブルを挟んで向かい合って置かれていて、あとはいくつかの本棚と観葉植物がある。

部屋の奥には大きな机。天板には書類を挟んだファイルが数冊とノートパソコンが置かれていた。

「お二人ともいらっしゃい。うふふ……」

デスクに手を置く絢葉がにっこりとこちらを見ていた。いかにも高級そうな革張りのワークチェアーに座っている。彼女はスーツを身につけていた。あれだけ時間を共にしているというのに、今の今までスーツ姿を見た記憶が無い。

柚希はドアを閉めると、拓海の腕に手を添えて絢葉のほうへと誘った。

社長室という未知の空間に拓海は妙に緊張してしまう。

「緊張しないでください。ただの部屋なんですから」

絢葉がふふっと小さく笑った。よほど様子がおかしかったらしい。

「すみません……こういうところは初めてなので……」

「わかるわぁ。私なんか何回もこの部屋に入っているけど、未だに落ち着かないもの」

そう言って柚希があははと笑った。

(その割には慣れているというか、ずいぶんと軽い感じだけど……)

拓海は半ば呆れつつ、目の前で座る絢葉に視線を向ける。

先ほどまで泳いでいたせいだろう、彼女からはやたらと瑞々しさが感じられた。いつもの甘い芳香の中に塩素の香りが混じっている。ドライヤーで乾かしたばかりであろう黒髪は、いつも以上にしっとりとしていた。

「さて。さっそく本題ですけど」

絢葉がいつもの優しげな声で言う。どことなく甘さが含まれているのも、拓海にとっては日常だった。

「拓海さん……泉さんと何かありましたよね?」

少し垂れ気味の大きな目がしっかりと向いてくる。

思わず拓海はビクンと肩を跳ね上げた。まったくの不意打ちの質問である。

(そ、そんな……なんで気付いたんだっ?)

少なくとも拓海のほうから施設内で話しかけたことはない。お互いの立場を考えて、目立つようなことは極力控えているつもりだった。

拓海の様子を絢葉は見つめると、再び小さく笑ってくる。

「バレないと思ったんですか？　女の勘や観察力をナメちゃいけませんよ？」

隠しているつもりだったが、そんなにもわかりやすかったのだろうか。

傍らにいる柚希も同じような表情でこちらを見ていた。

「拓海くんがっていうよりも、泉さんがね、バレバレなのよ。あんなに熱い瞳で拓海くんをしょっちゅう見ているんだもの。あれじゃ、周囲に気付いてくれって言っているようなもんよ」

苦笑交じりにそう言った。

「で、どうするの？」

「え？　ど、どうって……？」

当然の問いかけに、拓海は訳がわからずオウム返しをする。

柚希は呆れたかのようにため息をついた。

「決まっているじゃない。泉さんとの関係よ」

「そ、それは……」

拓海は答えに窮してしまった。

本音を言えば肉体関係以外でも男女の関係になりたかった。円佳とはセックスはもちろんのこと、それ以外の相性も抜群にいいと思っている。おそらく、ここまで相性のよい異性というのは、なかなかいないのではないかと思われた。

(でも、円佳さんには子どもがいるし、それに、僕には絢葉さんや柚希さんとの関係も……)

子どもの件は自分だけで解決できる問題ではない。彼が拓海を気に入らなければ、これ以上深い関係になることは不可能だろう。

一方で絢葉と柚希との肉体関係も捨てがたいと思っていた。常識に照らし合わせれば、最低な考えなのだろうが、十代ゆえなのか本能が抑えられない。

「まぁ、でも……泉さんをメロメロにしたのは、紛《まぎ》れもなく拓海さんの人となり……そして、セックスでしょうね」

拓海がオロオロしていると、絢葉がずばりと言ってきた。

「拓海さんが私たち二人といっぱいセックスしてきたから……それで身についた技や感覚を、そのまま泉さんに与えたのでしょう？　そんなの絆《ほだ》されるに決まってるじゃないですか」

「そうよ。結局、セックスを教えた私たちが拓海くんから離れられなくなっているんだしね」

絢葉と柚希が交互に言っては、お互いに頷きあっている。

一方の拓海は、もはや訳がわからなかった。

(僕は円佳さんをただただ気持ちよくしてあげたいってつもりだったんだけど……でも、確かに彼女にしたエッチって、全部が全部、二人に教わったものだしな……)

つまり、この二人の女が恋のキューピッドということになる。

(感謝くらいはしないとだよな……)

釈然としないものの、礼儀を欠くようなことだけはしたくはない。

拓海は絢葉と柚希を交互に見つつ、軽く頭を下げた。深々と頭を垂れなかったのは、気恥ずかしさゆえのものだ。

「あの、二人ともありがとうございま……」

「言葉での感謝もいいけれど……私たちにはね……」

絢葉はそう言うと、ゆっくりと椅子から立ち上がる。

部屋の空気が一気に変わった。気配を察して、拓海の心臓が大きく脈打つ。

「言わなくてもわかりますよね……？」

眼前の絢葉は顔を覗き込んでくると、そっと拓海の顎に手を添えた。

傍らの柚希も肩に手を置いてくる。美女二人からただならぬ雰囲気が醸《かも》し出されていた。

「あ、あの……どういうことで……」

震える声で尋ねると、絢葉の口元がニヤリとした。

パンプスを履いた足をつま先立ちにして、彼女が背伸びをしてくる。

「決まってるじゃないですか。エッチの感謝は……エッチでお返ししてください」

3

セックスの感謝はセックスで返せ、というのは納得できなくはない。

だが、今強制されている状況には、いまいち納得がいかなかった。

(なんで僕だけ裸に……)

絢葉と柚希の二人がかりで服を剝ぎ取られ、拓海は何も身につけていなかった。

そんな姿で絢葉が腰掛けていたワークチェアーに座らされている。

よほどの高級品なのだろう、座り心地は最高だ。ただし、服さえ着ていれば。

(革張りの表面が冷たいし……なにより、こんな代物に裸で乗っていいものなのか……？)

傷つけたり汚してしまっては大変だ。拓海は注意しながら腰をかけていた。

しかし、この椅子の持ち主は、そんな事など微塵も考えていない様子である。

「んんっ……んあぁ、ぁ……今日も大きい……ああ、これ好きぃ……」

絢葉が真下で跪《ひざまず》き、蕩けた舌を勃起に絡ませていた。

絢葉と違って自分はプールに入っていない。シャワーも昨日の夜に浴びたきりなので、ペニスは蒸れて相当に汚れているはずである。

「絢葉さん……そんなにねっとりと……汚いですから……ああっ」

「そうですね、すごい匂い……けど、これが好きでたまらないんです……んふぅ、っ」

絢葉は泥酔したかのように蕩けた表情で見上げつつ、丹念に裏筋を何度も舐める。

その光景があまりにも卑猥で、ペニスは根本から大きく跳ねた。

「そうよぉ……私だってこれが大好きなんだからね……んちゅ」

絢葉の真横から柚希も舌を伸ばしていた。ペニスの側部を舐めあげて、さらには陰嚢を舌で弄《もてあそ》ぶ。

(うう……二人一緒にフェラされるなんて……っ)

ダブルフェラなどポルノ映像でしか見たことがない。それが目の前で現実として繰り広げられている。その心地よさと興奮は、まるで夢を見ているかのようだった。

「んふふ……拓海くん、めちゃくちゃビクビクしてるじゃないの……いつも以上に興奮してる……」

熱い吐息を勃起に絡ませ、柚希がとろんとした顔で見上げてくる。見せつけるように舌を大胆に伸ばしているのがたまらない。

「気持ちいいんです……二人がかりでそんなに……っ」

「嬉しいです……ああ、こんなに興奮してくれるなんて、私もますます昂ぶっちゃう……」

絢葉は赤い顔で微笑むと、ついに亀頭を飲み込んでしまう。そのまま肉茎まで口に含んで、根元まで到達した。

(絢葉さんの口、トロトロだ……ああ、すごくいい塩梅で密着してくる……っ)

口腔粘膜が勃起を撫でて、かすかな蠕動を伝えてきた。熱い唾液が絡みつき、勃起の芯まで愉悦が染み込む。

「ああ、美味しいです……ずっとしゃぶっていたいくらいですぅ……」

絢葉は酔ったようにいいながら、ゆっくりと口淫を開始した。粘膜と唾液とをたっぷりと絡ませながら、丁寧に上下に往復を繰り返す。

(すごい……いつもより感じる……あんまりされるとすぐ出そうに……っ)

慣れない場所と二人の女に施されていることで、感覚が過敏になっているのかもしれない。拓海は菊門の付近に力を込めて、今のうちに射精衝動を抑えておいた。

「我慢なんかしなくていいんだからね……私もオーナーも、拓海くんに射精してもらうのが喜びなんだから……」

肉棒を奪われた柚希だったが、今度は腰から首筋までを一気に舐めあげてきた。こそばゆさの中に甘い愉悦が込み上げて、たまらず拓海は呻きを漏らす。

「うふふ……オーナーがおち×ちんに夢中になっている間、私は拓海くんの身体を堪能させてね……んちゅ」

柔舌がねっとりと身体のあちこちを這い回る。柚希の舌と唾液は、絢葉に負けず劣らず熱かった。

（柚希さんの舐め方もエッチすぎる……ああ、二人とも気持ち良すぎてたまらないよ……っ）

ここがバイト先の社長室だということも忘れて、拓海は悦楽に酔いしれた。

勃起は刺激を与えられるたびにビクビクし、絢葉の口腔内にカウパー腺液を漏らしてしまう。

「うふふ……先走り汁がいっぱいですね……拓海さんの味がして……んあ、ぁ……とってても濃いです……」

絢葉はそう言うと、ズズッとペニスを啜り始める。肉幹の内部から粘液を吸い取ろうとしているのだ。

「うあ、あっ……絢葉さん、待ってくださいっ。それはダメです……ああっ」

「ダメじゃないでしょう？　おち×ちんどころか腰まで震わせているくせに……拓海くんはオーナーのされるがままになって、気持ちよくなっていればいいのよ？」

首筋を舐め上げた柚希が、拓海の頬に手を添える。

至近距離からうっとりとした瞳に見つめられた。

「ふふっ……拓海くんの顔も蕩けているじゃない……あぁ、かわいい……」

甘い吐息が吹きかけられたと思った刹那、唇に温かいものが触れてきた。

すぐに熱い軟体物が唇を割り、口腔内を蠢いてくる。

最初から濃厚で情熱的な口づけだった。

「はあ、ぁ……拓海くんも絡めて……私と一緒にペロペロしてぇ」

甘ったるい懇願に、拓海はすぐに反応してしまう。

蠢く柔舌に自らの舌を重ね合わせ、情感たっぷりに絡ませていく。

「んあ、あぁ……拓海くんの舌、気持ちいい……んぐっ、ぅ……」

舌粘膜同士を絡ませるだけでは物足りない。

拓海は彼女の口腔の奥にまで舌を伸ばして、ねっとりと舐め回した。

頬の裏や歯茎はもちろんのこと、ざらざらした上顎を舌先を使って愛撫する。

「んぐっ、ぅっ……ああ、それ気持ちいい……ああ、ぁ、感じちゃう……っ」

大きく唇を開けながら、柚希がビクビクと身体を震わせた。

彼女の背中に手を回し、しっかりと抱きしめる。

逃れられないように拘束して、さらに舌をねじ込んだ。

「んあ、っ……ダメっ、そんなに口の中舐めちゃ……んあ、ああっ！」

拓海は柚希の胸に手を当てる。Tシャツの上から乳首を探し当て、そのままグリグリと圧迫した。

「あ、ああっ……いきなり乳首はぁ……あう、んっ……んんっ！」

柚希の訴えを無視して、すぐにTシャツの中に手を忍ばせた。

すべすべの腹部を撫で回した後、スポーツブラジャーへと指を滑り込ませる。

（ああ、柔らかい……プリプリしていて最高だ……っ）

揉み心地に耽溺するが、乳肉だけが欲しいのではない。

拓海はブラジャーを強引に上へとずらす。弾み出た生乳を手のひらで受け止めて、硬く凝《こ》った乳頭を摘まんでやる。

「んあ、ああっ！　おっぱいはぁ……乳首は今ダメなのぉ……ああっ、はぁ、ぁ」

ガクガクと身体を震わせて、柚希が甘い声を響かせる。

股間で肉棒を頬張る絢葉は、そんな彼女を熱っぽい視線で眺めていた。

(柚希さんもいつも以上に反応が鋭い……僕と一緒で、この状況に興奮しているんだな)

絡め合う舌の動きは激しく複雑になる一方だった。

唇の間から互いの唾液があふれるが、そんなことは気にも留めない。

粘膜を貪りながら、乳悦に耽溺する柚希は、完全に卑猥な牝へと変身していた。

(すごく腰が動いてる……ああ、なんていやらしいんだ……っ)

柚希の下半身は円を描くように揺れ、ついには前後に腰を振り始める。

きっと今すぐにでも勃起を挿入したいのだろう。

だが、それより先に彼女の喜悦は限界を迎えようとしていた。

「はぁ、ぁっ……んあ、ああっ……ダメぇ……もう私、このままじゃ……っ」

顎まで唾液で汚しながら、切迫した吐息を繰り返す。

腰だけでなく肩までビクビクと跳ね上がっていた。

火照《ほて》った小麦色の肌からは、柚希特有のフレグランスが濃厚に匂い立つ。

それは絶頂の前触れだった。

「柚希さん、我慢しないでください。もっと舌を絡めて……乳首で思いっきり感じて……っ」

拓海が左右の乳首をキュッとつまみ上げる。

瞬間、柚希の褐色肌が粟立った。全身がガタガタと激しく戦慄く。

「あ、ああっ、ああっ！　イくっ……ああ、ダメぇっ、おっぱいだけでイっちゃうっ、乳首イきしちゃうぅ！」

拓海の身体に爪を立て、上半身をしならせた。

数秒間の硬直の後、汗ばんだ身体を崩れ落としてくる。

「んふっ……柚希コーチのイく姿、とってもエッチですね……はぁ、ぁ……見てるだけでますます興奮しちゃいます……」

飽きることなく肉棒を舐めしゃぶりつつ、絢葉がうっとりとした様子で呟いた。

一時も休むことなくフェラチオされて、拓海の股間はドロドロの状態だ。

上質な椅子には粘つく唾液が滴って、下品な液溜まりが広がっている。

「ああ……こんなに椅子がビチョビチョに……今度から座るたびに、今日のことを思い出して……ずっと発情してしまいそうです……」

スーツ姿の絢葉は、一見するとやり手のキャリアウーマンのようである。

そんな彼女が淫欲に囚われて、一回り以上も年下の肉棒を貪っている。

そのギャップが拓海の煩悩をどこまでも沸騰させていた。

(あんまりされると出てしまう……このまま絢葉さんの口の中に……っ)

彼女へ口内射精を施したことは何度もあった。その度に絢葉は嬉しそうに頬を緩めて、すべての精液を嚥下《えんげ》する。そして、立て続けにフェラをしてくるのだ。

今日もそれが繰り返されるのかと思うと、会陰《えいん》の奥が熱くなる。

もう射精はすぐそこまで迫っていた。

しかし、予想は裏切られる。

「んあ、ぁ……はぁ、ぁ……もう無理です……あぁ……」

絢葉が熱いため息を漏らして肉棒を吐き出してしまった。

大量の唾液に濡れる剛直が、最後の刺激を求めてあさましく脈動する。

「あ、絢葉さん……僕、そろそろ出そうなんです……だから……」

「んふふ……わかってますよ。だからね……」

絢葉はポケットからハンカチを取り出して、口の周りを拭うと、ゆっくりと立ち上がる。
背後のデスクの上を一瞥すると、ファイルやノートパソコンを端へと押しやった。
「拓海さん、今までの私たちとのセックスで十分にわかっているでしょう……？」
ジャケットのボタンを外して、デスクの端へと投げ捨てる。
スカートの脇に指を滑らせて、ゆっくりとファスナーを引き下ろした。
パサリと小さな音を立て、隠されていた股間が露わになる。
「女が……精液を注いで欲しいところは口じゃないんです……本当に欲しいのは……」
躊躇《ためら》うことなくパンツに手をかける。
高級そうな総レースの黒い薄布が、舐めるようにむっちりとした太ももを滑り落ちた。
ストッキングは股間部分がくり抜かれていて、結果、秘園は丸出しになってしまう。
(ああっ、絢葉さんのおま×こ……もうビシャビシャじゃないか……っ)
薄く生えた陰毛は粘液にまみれて白い肌に貼り付いていた。
はみ出した肉羽やその周囲までドロドロだ。
その光景はあまりにも下品で、それゆえに本能を直球で刺激してくる。

「見てください……拓海さんに来て欲しくてたまらなくなってるんです……精液は……この一番奥に思い切り注いでください……」

デスクに腰掛け両足を乗せてしまう。

セレブ人妻は大胆すぎるM字開脚を披露して、くっと姫割れを突き出した。

満開となった淫裂が牝液を噴きこぼす。蕩けきった媚膜が忙しなく収縮を繰り返していた。

「ああ、絢葉さん……」

「早く来てください……もう待ちきれないの……今すぐ入れてもらわないと、もう気が変になりそうなんです……っ」

クックッと下腹部が上下に揺れている。

無意識に本能が動かしていることは、想像に難くない。

(エロすぎる……いやらしすぎる……こんなの見せられたら、もう……っ)

拓海は柚希を傍らに置いてから、ふらふらと立ち上がる。

虫が蜜に惹き寄せられるように、淫華に切っ先が近づいた。

躊躇することなく亀頭を泥濘《ぬかるみ》に潜り込ませる。

ビクッと絢葉の腰が跳ね上がった瞬間に、一気に剛直を押し込んだ。

「うあ、あああっ……はぁ、ぁんっ！」

堅苦しい社長室には似つかわしくない、甲高い女の悲鳴が木霊する。

「ああ、絢葉さん……うぐ、ぅ……っ」

最奥部まで行き着いてから、拓海はこみ上げる悦楽に息を震わせた。

絢葉の媚膜がいつも以上に締め付けてくる。

（ヤバいぞ……こんなのすぐに射精してしまう……っ）

膣内射精を求められているとはいえ、三擦り半で達するのはプライドが許さない。

拓海は深呼吸を繰り返し、襲い来る射精欲求をなんとか落ち着かせようとする。

「ああ、いつもより太い気がします……はぁ、ぁ……すごいです……ああ、いつもより感じちゃう……っ」

挿入しただけだというのに、絢葉は額に汗を滲ませていた。

切迫した様子で呼吸を繰り返し、シャツに包まれた豊乳をふよふよと波打たせる。

媚膜の収斂《しゅうれん》も止《とど》まることはなく、むしろ刻一刻と動きは忙しくなっていた。

「ああ、そんなに動かさないで……ううっ」

「ごめんなさい……でも、私も我慢するなんて無理で……あ、あぅんっ」

絢葉が腰を跳ね上げた。

亀頭と膣奥とが強烈に擦れあい、甘い痺れが脳天で炸裂する。

肉棒は力強く脈動を繰り返し、その動きが媚膜との擦過を生み出した。

「あ、ああっ……すごい擦れるんです……ううっ」

喜悦に身体を制御できないのか、絢葉はいよいよ激しく腰を動かした。

あふれた淫蜜がグチュグチュと卑しい粘着音を響かせる。

絢葉特有の甘い香りに濃厚な淫臭が合わさって、嗅覚からも拓海を煽る。

（これはもう無理だ……イくのを我慢するなんて無理だっ）

拓海は腹を決めると、絢葉の腰を両手で摑む。

拓海の雰囲気が変わったことに、絢葉がハッと目を見開いた。

それを無視して腰を引く。

「た、拓海さん……あ、ああぅんっ！」

絢葉の最奥部に重くて鋭い一撃を放つ。

絢葉の身体が大きくしなり、甲高い絶叫が部屋中に響き渡った。

（もういいっ。このまま突きまくって出してやるっ。仕事場で絢葉さんを身体の内側から犯してやるんだっ）

青獣の獰猛さを剝き出しにして、拓海は欲情のままに腰を動かした。

拓海からの猛烈な求めに、絢葉は早くも錯乱していた。

いつもよりも逞《たくま》しい肉棒が腹の奥深くを掘削してくる。

ぐずぐずに蕩けた淫膜を、張りだした肉傘で押し広げられては掻き出される。

四十を目前にした女体には、あまりにも喜悦が鋭すぎた。

(ダメっ。入れたばっかりだっていうのに、気持ちよすぎてどうにもできない……ああ、あんまりされると狂っちゃうぅっ！)

自分は今、どんな顔を浮かべているのだろうか。

おそらく、人には見せてはならない、はしたない表情を晒しているだろう。

止めることのできない牝鳴きは、貫かれる度に声量が増している。

このままでは部屋の外まで響き渡って、従業員一同に自らの卑猥さを知られかねない。

(でも、止められない……勝手に腰が動いちゃう。いやらしく叫んじゃう。全部が壊れるかもしれないのに、それでもいいって思っちゃう……っ)

青年の剛直に、理性も常識も霧散していた。

残っているのは、卑しい牝としての本能のみだ。

「絢葉さん、全部くださいっ。おま×こだけじゃなく、おっぱいもすべてっ」
拓海は叫ぶように言うと、絢葉のシャツのボタンを外す。
荒々しい手つきで開けさせると、キャミソールを捲《まく》ってブラジャーをずらした。
包まれていた乳肉が飛び出てしまい、揺れる重みが伝わってくる。
「ああ、本当に大きくてきれいだっ」
拓海が両手で左右の乳肉を摑んできた。
本能に忠実となった彼は、乳房を荒々しく揉んでくる。
(私のおっぱいを必死になって……ああ、もっと揉んでぇ)
揉み込まれる痛みすら、今の絢葉には快楽だった。
好きなように扱《あつか》って欲しい。乳房を握ってきてもいいし、噛《か》みつかれても構わない。
腰の動きは速くなる一方で、たくましい男根が絶えず子宮を揺らしてきた。
子宮を刺激される多幸感に、頭の中が白くなる。
「ひあっ、うっ……んあ、ああっ！」
意識は何度か飛びかけていた。
(イくの止まらない……ああっ、何度もイかされてるっ、本当に狂うっ！)
果ての無い絶頂の連続に、正常な判断は不可能だった。

ここが自分の所有する職場であることも、他人に牝鳴きを聞かれる恐れがあることも、足元に柚希がいることも、全てがおぼろげな記憶でしかない。

快楽だけに支配され、喜悦を求めることしかできなかった。

「ううっ、絢葉さんっ。もう出します……もう無理ですっ」

拓海が切迫した声を上げ、肉棒を更に激しくピストンする。

開け広げた両脚をしっかり掴んで、股間同士がしっかりぶつかるようにした。

蜜壺内で肉棒が擦れる角度が変わり、さらに峻烈《しゅんれつ》な悦楽が襲い来る。

「んあ、ああっ！　それダメっ、その角度ダメっ、ああ、ああっ！」

目の前で原色の光が明滅する。

圧倒的な快楽の波が押し寄せていた。

飲み込まれたら最後、二度と浮上することはないであろう。

だが、それから逃げることはできなかった。

むしろ、自分から飛び込もうとしている。

（来て……来てぇ！　私を狂わせてっ。もうまともな女じゃなくていいのぉ！）

破滅に向けて、絢葉は必死に腰を振る。

自らの子宮口を亀頭に擦り、押しつぶし、牝としてできる限り大胆かつ下品に媚びを売る。

(欲しいのっ、拓海さんの精液がっ。どうしても欲しくて、たまらなくて……私の奥まで拓海さんで満たしてぇ!)

膣奥で若い肉球が一回り膨れた感覚があった。

肉茎が痙攣を繰り返し、さらに媚膜を押し広げる。

「ああっ、出る……出るぅ!」

雄叫《おたけ》びと同時に、捏《こ》ねられた淫膜に灼熱の白濁液が浴びせられた。

熱は喜悦に直結し、瞬時に体内で爆発する。

「ひいぃ、いっ! あ、ああっ、来るっ、すごいのがっ、ああっ、ぐぅうっ!」

爆発の威力に身体は大きく反り返った。

ググッと膣奥を押し付けた状態で、不規則に痙攣を繰り返す。

(ああ、ダメ……私、本当に何もかも壊れちゃう……)

拓海は円佳と恋仲になったというのに、肉体はさらに彼を求めてしまう。

もう彼とセックスが出来ないというのは、耐えられそうにない。

(身も心も拓海さんに染められて……私、もう離れられない……)

射精を続ける勃起を媚膜で食い締めながら、絢葉は自らのはしたなさを呪う。

しかし、言葉に出来ない多幸感にも酔いしれていた。

4

（なんでこんなことになるんだ……）

拓海は今現在の状況に頭を抱えていた。

古い自宅アパートの階段を上りながら、静かにため息をつく。

自分の後ろには二人の足音。絢葉と柚希だった。

（社長室であれ以上は無理ってのはわかるけど、だからって、なんでわざわざ僕の部屋で続きをすることに……）

社長室で絢葉を失神手前まで追い詰めた後、今度は柚希という形になった。

だが、絢葉はともかく、拓海と柚希は勤務中なので、長時間職場から離れることはできない。

結局、柚希が受け持つレッスンの時間が迫り、いったん終了となったのだが、なんとレッスンが終わるや否や、柚希は所用という名目で早退してしまったのだ。

「僕まで一緒に早退させられて……みんなに怪しまれたりしませんか？」

「んー、どうだろうね。ま、怪しまれたらそれはそれでしかたがないよ」

そう言って柚希はあははと軽い調子で笑う。

(いくら何でも無計画というか、危機感がなさ過ぎじゃないのか……)

「大丈夫ですよ。早退させたのは私の都合ってことになっているから。まさか、他の人たちは私たちがこんな関係だって思うはずがありませんしね」

一番後ろにいる絢葉が言った。

経営者がそんな感じで大丈夫なのか、と思うものの、連れてきてしまった以上、後には引けない。

拓海は鞄から鍵を取り出して、玄関ドアを解錠する。

「汚いですけど、どうぞ……」

「はい、おじゃましまーす」

「おじゃまします……あら、結構きれいに整理されているじゃないですか」

絢葉と柚希は部屋に入るなり、キョロキョロと見渡した。

絢葉の言うとおり、男の一人暮らしにしては、それなりに掃除や整理整頓には気を遣っている。

「本当ですね。私の家のほうが片づいていないかも。あはは」

柚希はそう言って、くるっとこちらを振り向いた。

彼女の服装はＴシャツにデニムの短パンと、ずいぶんとラフな格好だ。

だが、それが妙に彼女には似合っている。活動的な印象にはぴったりだった。

「早く鍵をかけてよ。誰かが来たら大変でしょ」

柚希は一見すると、至って通常の様子である。

だが、拓海は気付いていた。彼女はずっと淫欲を燃やし続けている。

（社長室からお預けを食らっている状態だもんな……柚希さんの性格からして、もう辛いくらい苦しいはずだ……）

レッスン中もおそらく下半身を疼かせていたに違いない。

競泳水着の中で股間をしとどに濡らしていたであろう。

そんなインモラルな状況を想像し、拓海は股間が再び疼き始めたのを自覚した。

「んふふ……おち×ちん、ちょっと盛り上がってきているんじゃない？」

早くも柚希が異変に気付いた。

彼女はニヤニヤしながら拓海に近付き、そっと股間に手を伸ばしてくる。

「あはっ、やっぱり……どんどん大きくなってきてる」

「そ、そりゃ……触られたらどうしても大きくなりますよ……」

「でも、エッチな妄想もしていたよね？　泉さんのことかな？　オーナーとのさっきのエッチ？　それとも……私と今からするエッチのこと？」

「そ、それは……」

素直に柚希の卑猥さを考えていたと言えばいいのだろうが、恥ずかしさもあって言い淀んでしまう。

「……うりゃっ」

「はうっ！」

柚希が突然、ペニスを強く握ってきた。

驚きと衝撃で、変な声が漏れてしまう。

柚希は相変わらず不敵な笑みを浮かべつつ、ペニスを摑んで擦過する。

あっという間に勃起と化した。さっき、絢葉に大量の精液を注いだというのに、そんなことはなかったかのような肥大ぶりだ。

「ああ、直に触ってないのに、もう十分熱いじゃない……直接触ったら火傷しちゃいそう……」

彼女の口調は急速に甘ったるいものに変化していた。

繰り返す吐息も熱くなっている。

柑橘系《かんきつけい》を思わせる柚希の香りが強くなっていた。

「こんなところに突っ立っていないで……早くベッドに行きましょう？」

柚希は股間に手を添えながら、拓海の背中を押してくる。

ワンルームの部屋なので、ベッドはすぐ目の前だ。

傍らには絢葉が腰を下ろしていた。

彼女も柚希の発情ぶりにあてられたのか、表情が蕩け始めている。

「拓海くんは一回オーナーとしたから、すっきりしているのかもしれないけれど」

拓海はベッドに腰掛けると、そのまま押し倒されてしまう。

柚希が濡れた瞳で見下ろしていた。

彼女の両手がゆっくりと自身の短パンへと伸びていく。

「私は……ずっと悶々としていたんだから……レッスン中だって、早く拓海くんとエッチしたい、私も拓海くんに中出しして欲しいって……」

柚希の褐色の脚をデニム生地が滑り落ちた。

いきなり現れたのは無毛の恥丘。パンツごと脱いでしまったらしい。

「はぁ、ぁ……瀬名コーチはパイパンなんですね……とってもきれいで似合っていますよ……」

発情の吐息とともに絢葉が言った。

彼女は膝立ちになると、拓海の腰に手を伸ばす。

短パンとパンツのゴムを指に引っ掛けて、強引に剝ぎ取ってくる。

完全体となった肉棒が、ブルンッと音を立てるかのごとく飛び跳ねた。

「あぁん……いつ見ても立派で素敵ぃ……」

柚希が恍惚とした様子で呟いた。

絢葉も熱っぽい視線でまじまじと見つめてくる。

何度も勃起を見られているとは言え、二人同時に凝視されるのは、恥ずかしくて居心地が悪い。

しかし、肉棒は本能に素直で、注がれる視線に呼応するかのように脈動する。

「見られるだけじゃ物足りないってことよね……私だってそうだよ……っ」

柚希がベッドに乗ってくる。

膝立ちの状態で拓海の腰を跨いできた。

柚希の姫割れが丸見えとなり、その状態に瞠目する。

(本当にぐちょぐちょだ……柚希さん、ずっとこんな状態だったのか)

一切の毛が無い股間には、おびただしいほどの粘液が絡みついていた。

濡れていると言うよりは、コーティングされていると言った方がいい。

淫液の膜の中で、ぱっくりと開いた姫割れがあった。

中の媚膜は完全に露出して、ヒクヒクと絶え間なく脈動している。

動き続ける蜜肉が大きな牝液の雫を作る。

揺れる粘液の雫は、やがて媚びるようにゆっくりと肉棒に滴った。

驚くほどに熱くて、たまらず勃起が跳ね上がる。

弾みで先走り汁が溢《あふ》れ出した。

「拓海くんもこんなにエッチな液出して……はぁ、ぁ……もう見ているだけじゃ我慢できないよぉ……っ」

柚希は感極まって呟くと、残っていた上半身の衣服を脱ぎ取る。

Ｔシャツを投げ捨てて、スポーツブラジャーを剥ぎ取った。

張りの強い豊乳が弾みながら姿を現す。

「ああ、おっぱいも、もうそんなに……っ」

たわわな乳房の頂点で、乳頭が大きく膨れていた。

硬く実ったその姿は、あまりにも煽情的すぎる。

「そうだよ……乳首だって、ずっとこんな状態だったんだからぁ……」

柚希の呼吸は乱れる一方で、顔はもう真っ赤になっている。

姫割れからはこの間にも、何滴もの雫が滴っていた。

肉棒を濡らす牝液と漏れ出るカウパー腺液が混じり合い、濃厚な淫液を作り出す。

「はぁ、ぁ……始めちゃうから……もう勝手にしちゃうからね……っ」

柚希はそう言うと、姫割れを勃起に降下させてきた。

裏筋に蕩けた媚肉が密着する。

瞬間、柚希の褐色の裸体が小さく震えた。

「んあ、あっ……ああ、硬いぃ……とっても熱いぃ……っ」

そのまま裏筋に沿って、姫割れを前後に擦る。

溢れ出た牝蜜がくちゅくちゅと卑しい音色を響かせた。

(ううっ……熱くてヌルヌルしてて気持ちいい……っ)

褐色人妻に受ける素股奉仕の愉悦に、拓海も首を仰け反らす。

トロトロの媚膜が絡みつき、慈しむように肉槍の裏を撫でてきた。

柔らかさと熱さが牡欲を刺激して、たまらず勃起は跳ね上がりを繰り返す。

「あぁんっ、すごくビクビクしてる……ああ、おま×この表面、叩かれて気持ちいいのぉ……っ」

柚希は接着部に体重をかけてきた。

媚膜からの圧迫が強くなり、淫悦はさらに深いものになる。

「柚希さん、そんなに強くされたら……ああっ」

訴えは柚希の行為によって塞がれた。

彼女はかけた体重そのままに腰を前後に揺すり続ける。

さらには少し前屈みになり、クリトリスを擦りつけてきた。

柚希の嬌声が一段と甲高いものへと変化する。

「んあ、ああっ……これ気持ちいい……ああ、止まんないよぉっ」

グチャグチャと鳴り響く蜜鳴りが、狭い室内に木霊した。

ドロドロになった裏筋に、ぷっくりと凝った牝芽を感じる。

柚希は水泳で鍛えた足腰をふんだんに駆使し、陰核を擦りつけ続けていた。

褐色の肌には汗が滲み、室内に差し込む西日が、煽情的な美しさを演出する。

(気持ちいい……それに、必死に気持ち良くなろうとしている柚希さん、エロくてきれいでたまらないよ……っ)

煩悩が炸裂し、肉棒の脈動は止まらない。

早く蜜壺に埋まりたいと思った。

素股行為も気持ちいいが、本能はさらなる愉悦を求めてしまう。

すると、突然傍らにあったスマートフォンが何かの通知を表示した。

緊急の連絡だったら大変だと思い、そちらの手を伸ばそうとする。

「ダメですよ、拓海さん。瀬名コーチが一生懸命エッチしているんですから、集中してあげないといけません……んんっ」

絢葉が手を取り制止する。

同時に唇を重ねて、ねっとりと舌を挿し込んできた。

「んっ、んぐっ……んんっ」

一方ではペニスに快楽を与えられ、もう一方では唇を求められる。

異常な状況と未知の多幸感に、拓海の意識がぼんやりとしてしまう。

「ああんっ、私、イきそう……ああ、このままじゃイっちゃう……っ」

柚希の呼吸が切迫したものになる。

このままクリトリスで絶頂するのかと思われた。

だが、彼女は急に腰の動きを止めてしまい、はぁはぁと肩で息をする。

「んぐっ……柚希さん、どうしたんですか？」

絢葉とのキスを途中で止めて、拓海は柚希を見上げた。

目前に迫る絶頂に全身を細かく震わせながら、彼女は恐ろしく淫らな笑みを浮かべていた。

ショートカットの黒髪が額や頬に貼り付く様はひどく官能的だ。

「このままイくのは違うなって思って……イくならやっぱり……」

少しふらつきながら柚希の腰がやや上がる。

愛液まみれの肉棒の根本を摑むと、直角に固定した。

「イくのなら……おち×ちんを一番奥で……っ」

そう言った瞬間に、勃起が柚希の内部に飲み込まれた。

一気に根本まで埋まり込む。子宮口と思われるコリッとしたものが亀頭をかすめた。

「あ、あああぅんっ！　うぐっ、あ、ああっ……はぅんっ！」

褐色の肌が鳥肌となり、不規則に震えを繰り返す。

柚希がおとがいを天井に向けながら硬直した。

（おま×この中が締まるっ……ああっ、チ×コが圧迫される……っ）

挿入はよほど強烈な刺激だったのか、媚膜の反応は凄まじかった。

先端から根本まで、強烈な力で締められる。

一瞬だけ緩んだかと思うと、またすぐに締めてきた。それを何度も繰り返す。

「あ、ああ……はぁ、ぁ……一気にイっちゃった……はぁ、ぁ……」

しばし硬直した後で、柚希が途切れ途切れに言ってくる。

弛緩した身体が拓海へと崩れてきて、反射的に彼女を抱きしめた。

キャラメル色の艶やかな肌は、汗に濡れて火照っている。

(僕とのセックスでここまでになってくれるのか……)

拓海は素直に嬉しかった。

すると、柚希が再び腰を揺らし始める。

絶頂で湧出された愛液がくちゃくちゃと淫猥な音色を響かせた。

「ああ、ぅ……もっと欲しくなっちゃう……一回イっただけじゃ足りないぃ……」

柚希はそう言うと、グッグッと膣奥を押し付けてくる。

「柚希さん、待って。イったばかりなら、無理してすぐに続けなくても」

「ダメなのぉ……もっと欲しいの……一回二回じゃイヤぁ……何度だって拓海くんと気持ちよくなりたいんだからぁ……っ」

柚希が今度は股間を打ち付けてきた。

ドロドロになった結合部で、パチュンパチュンと濡れた肉同士が打擲する。

「ほら、拓海さんも打ち上げてあげて……女の希望は無下にしちゃダメですよ」

絢葉がしっとりした声で囁いてきた。
彼女の双眸は甘く蕩けている。物欲しそうに拓海と柚希を見つめていた。
「ああっ、すごい当たるのっ……気持ちいいところにゴリゴリって……っ」
柚希は涙目になって訴えてきた。
キラキラと輝く瞳に魅せられていると、柚希がおもむろに唇を重ねてくる。
「んぐっ……んあ、っ……キスも気持ちいいのぉ……ああ、もっとしてぇ」
柚希は股間を振り下ろしながら、荒々しく舌を絡めてきた。
お互いの唾液が攪拌《かくはん》され、ぐちゅぐちゅと下品な水音が鳴り響く。
(柚希さん、口まで熱くてトロトロだ……ああ、キスも気持ちよくて美味《おい》しい……)
施される積極的な結合に、拓海もますます酔ってしまう。
胸板に押し付けられる乳丘は、たっぷりの質感だった。
みっちりと肉が詰まってプリプリとしている。
こんなものを擦りつけられてはたまらない。
「柚希さんのおっぱいも本当に大きいです……ああ、張りが強くて素敵ですっ」
拓海は腰を突き上げながら、双乳に手を押し付けた。
「はぁ、ぁ……揉んでぇ……オーナーにしたみたいに、私のおっぱいも揉みくちゃにしてぇ」

甘い声で懇願され、すぐに拓海は乳肉を鷲掴む。

グッグッと強く握って、柔らかさと弾力を堪能する。

「うあ、あっ……そうっ、いっぱいしてっ……こんなおっぱいでいいなら、好きなようにしてぇ！」

柚希の声が一段と大きくなり、腰の動きも加速する。

蜜壺と双丘を貪られ、柚希は牝の喜びに耽溺していた。

(柚希さんもいつも以上にいやらしい……それにめちゃくちゃ激しく求めてくる……こんなの、僕まで狂っちゃうよっ)

褐色美女の卑猥さに、拓海は骨の髄まで甘く痺れた。

拓海との結合に、柚希は完全に魅了されていた。

(ああ、止まらない……拓海くんとのセックス、気持ちよすぎて幸せすぎて……腰が勝手に動いちゃう……っ)

卑猥さは自覚していたが、そのきっかけをくれたのは他でもない拓海である。

以来、柚希はすっかり拓海に入れ込んでいた。

事実上独り身である柚希にとって、彼と重なることは癒《いや》しの一つであったのだ。

(でも、だからといって拓海くんを独占するわけにもいかない……素敵な人ができたなら、そちらに集中する方がいいに決まってる)

頭ではそう思う。

だが、本音と建前が別であるように、理解と願望も違うものだ。

(本当は拓海くんとずっとエッチし続ける関係が理想だけど……)

それが難しくなろうとしている今、柚希にできるのは、少しでも彼との結合を身体に記憶させること。

ゆえに、柚希は必死だった。

「うあ、あっ……全部気持ちいいよぉ……おっぱいもおま×こも気持ちよすぎて……ああっ、ダメぇ！」

柚希の動きがさらには激しさを増していく。

倒れていた身体を起こして、より最奥部が抉《えぐ》られるようにした。

蕩けきった媚膜を張り出した亀頭が圧迫する。

目の前がフラッシュして、多幸感に包まれた。

「ああっ、本当にエッチですっ、柚希さんとのセックス、たまらないですっ」

拓海は叫ぶように言うと、肉槍を何度も押し込んでくる。

さらには乳首に指をかけ、執念深く刺激してきた。

指の腹で摘まんで転がして、上下左右に弾いては、乳肉に押し込んだり、引っ張っては捻《ひね》ったりしてくる。

「ひぃ、ぃんっ！ ダメぇっ！ そんなにおっぱいいじめないでっ、感じちゃうからあっ、おかしくなっちゃうぅ！」

膣と乳首に同時攻めに、柚希は身体を悶えて絶叫した。

それぞれ異なる悦楽が、絶頂を経て敏感になった肉体には鋭い刺激となって襲ってくる。

「ダメですよ、瀬名コーチ。拓海さんが必死にあなたを気持ちよくさせようとしてるんですから。全部、素直に受け止めないと」

絢葉が柚希の耳元で囁いた。

女からの甘い声色に、どういうわけかぞわりとしてしまう。

「拓海さん、もっと瀬名コーチの奥をいじめてあげて？ しっかり腰を掴んで固定するの……」

悪魔のような言葉に総身が震えた。

今、本気で蜜壺を攻められたならば、自分がどうなってしまうのかわからない。

「わかりました……っ」

拓海は絢葉の言う通り、両手でしっかりと腰を摑んでくる。

本能が警告を発していた。

このままではとんでもないことになる。完膚なきまでに快楽で心身を破壊されてしまうと。

「ま、待ってっ……ただでさえ感じすぎてるのっ。これ以上激しくなんて……っ」

柚希はブンブンと首を振り、拓海に哀願の視線を送る。

しかし、獰猛な獣と化した拓海には、まったく意味のない行為だった。

「それじゃあ、もっと感じてくださぃ……っ」

ズバンと強烈な突き上げに襲われた。

一瞬で脳内で喜悦が爆発する。

「うわ、ああっ！　あ、ああっ！　ダメっ、ダメぇえええっ！」

突き上げは一度だけで終わらない。

何度も繰り返し襲ってきて、少しも止まる気配はなかった。

（ああっ、壊れる……壊されるっ。おま×こも私も……全部おかしくされちゃうっ！）


暴力的な淫悦から逃れることはできなかった。

牡の衝動を膣奥で受け入れることしか許されない。

それは恐怖でもあったが、それ以上に喜びと幸福感のほうが強かった。

（もういい……おま×こにもおっぱいにも、私の心と身体の隅々にまで拓海くんを染み込ませて。一生忘れられないくらいの跡をつけて……っ）

もはやまともな思考は不可能だった。

柚希は与えられる喜悦を懸命に受け止める。

自分で自分をはしたない痴女に作り変えようとした。

「あああっ！　はぁ、あああんっ！　すごいのっ、またイっちゃうっ！　ああっ、すごいの来ちゃうぅ！」

絶頂を叫ぶや否や、子宮から猛烈な衝動が込み上げた。

経験したことのない喜悦の頂点に、全身が硬直してから痙攣する。

吹き出した汗は大量で、肌の隅々までもがぐっしょりになった。

「ああっ、すごい……柚希さん、入れられながら潮噴いてるじゃないですかっ」

拓海の言葉にハッとした。

まさかと思って結合部を見る。

(ああ、拓海くんや周りのシーツまでびしょびしょに……っ)

腰を中心にして卑猥な染みが広がっていた。

少し漏らした、というレベルではない。大量の淫水をこぼしてしまっている。

「あっ、ごめんなさいっ！　本当にごめんなさい……っ」

拓海は柚希の潮噴き体質を喜んでくれていたが、自分としては恥ずかしくて仕方がない。

なのに、今日も噴いてしまった。

拓海のベッドが使えないくらいに大量に漏らしてしまったのだ。

「あらぁ……瀬名コーチ、本当にエッチな身体なんですね。変態さんなのかしら？」

びちょびちょになったシーツを気にすることなく、絢葉が背後へとやってきた。

「変態さんは……もっとおかしくなるくらい感じましょうね。私が手伝ってあげますよ」

恐ろしい言葉に戦慄する間に、彼女がパンパンに張った乳丘を揉んでくる。

「はぁ、ぁ……とってもぷりぷりしてるのに柔らかい……このおっぱいすごいですね」

同じ女であるせいか、彼女の手つきは巧みだった。

強すぎず弱すぎずの絶妙な塩梅で、乳肉を揉みしだいてくる。

片方の乳房を揉みながら、もう片方の乳首をつままれる。

同性の雇用主からの卑猥な愛撫に、柚希の牝欲はますます燃え盛った。

(ああ、ダメっ……こんな二人から一緒に攻められるなんてぇ!)

男だけでなく女からも攻められるなど、想像したことすらない。

だが、異常な行為は柚希を未知の領域にまで昂ぶらせてしまう。

繰り返し盛大に果てた蜜壺は、さらなる喜悦を求めてしまい、勝手に腰を激しく振り乱した。

「あっ、あああっ! あぐぅ、んっ! もうダメっ、無理っ、無理ぃいいっ!」

嬌声というよりは悲鳴を上げて、柚希は上半身をしならせた。

強大な喜悦が迫ってくる。今日、経験したいくつもの絶頂をはるかに凌駕《りょうが》している予感があった。

「ううっ、僕もイきます……ああ、もう出るっ、ううっ!」

拓海が力づくで肉棒を押し付けた。

同時に柚希の腰を思い切りひきつける。

子宮が押しつぶされるような感覚に、目の前が白くなった。

「ひっ、ひぃいいんっ！」

絶叫とともに、最奥部に灼熱の牡液が浴びせられる。

柚希の芯が焼き尽くされて、もう何も考えられない。

絶頂に絶頂が重なって、法悦の極致へと投げ出される。

「ひっ、あっ……あがっ、ああっ……！」

呼吸すら難しい状況で目を見開いて、何度も大きく身体を痙攣させていた。

「……なにを……しているんですか……？」

突然、この場にいてはならない人物の声がした。

絶頂に震える身体に鞭打って、声のするほうへと首を向ける。

（い、泉さんっ！）

一瞬、見間違いかと思ったが間違いない。

証拠に傍らの二人が固まっていた。

円佳は大きなタッパーを手にしている。中身は手作りのおかずだろう。

「あ、ああ……円佳さん……」

恐ろしいものを見る目で拓海がかすれた声で呟いた。

むせ返るような淫らな空気に包まれて、四人は言葉もなく硬直した。

第五章　淫らなプール対決　そして……

1

拓海は一人スイミングスクールの受付でぼんやりしていた。
まるで生きる気力が湧かない。ここ最近、何事にも覇気というものが出なかった。
（あれから円佳さん、まったく来なくなっちゃったな……）
濃厚な3Pを見られた後、彼女は何も言わずに部屋を飛び出てしまった。
以来、姿を見ることが無い。
交換していたメッセージアプリも、既読のマークすらつかなかった。
（最悪だ……完全に嫌われてしまった……）
完全に自業自得とはいえ、拓海のショックは大きかった。

今更になって、彼女が自分の中でどれほど大きな存在であったかを自覚する。

ちらりと窓の外を見た。

あれだけ肌を焼くような猛暑続きだったのに、ここ最近はどんよりと曇っている。夜には雨が降るとの予報が出ていた。

まるで自分の胸中のようだと思うものの、そんなセンチメンタルな悩みでもない。

円佳のことだけでなく、拓海のテンションを下げることはまだあった。

(絢葉さんも柚希さんも、あれからエッチなことに誘わなくなってしまって……やっぱり気にしているんだろうな)

普段は気丈な年上美女たちであるが、さすがにあの場では取り乱していた。

以来、それが尾を引いているのか、あれだけ見境なくセックスを求めていたのが嘘であるかのように何もない。

円佳を傷つけた原因ではあるが、やはり寂《さび》しいと思ってしまう。

(……ダメだな、いつまでもこんな風に考えていては)

還らないものを嘆いても仕方がない。

拓海ははぁ、とため息をつき、壁掛け時計に目をやった。

まだ時刻は夕方だ。今日は閉館までの長いシフトの日である。

（とりあえず、ゆるゆるとバイトを全うするか……）
拓海は背伸びをしてから、あまり気の進まないアルバイト仕事に徹した。

館内にはもう人気《ひとけ》を感じなくなっていた。
時刻はまもなく夜の十時になろうとしている。
閉館作業も一通り終わり、もう少しで退勤だ。
（あとはアレを補充すればいいだけだな……）
拓海は誰もいなくなった事務室で、明日使う備品の包装を外しにかかる。
その時、通用口から突然、人が入ってきた。
びっくりしてそちらを向く。
そして、さらに驚愕して目を見開いた。
「……円佳さん？」
正体は円佳だった。
予想外すぎる来客に、拓海は混乱を禁じ得ない。
彼女は拓海を一瞥《いちべつ》すると、気まずそうに視線を逸らす。
（しばらく来なかったのに、なんで突然……しかもこんな時間に通用口からなんて……）

考えれば考えるほどにわからない。

拓海がぽかんと口を開けて、円佳を見続けていると、彼女が再び視線を向けてくる。

「……ついてきてください」

「えっ？」

彼女はそれだけを言うと、スタスタと進んでロビーに繋がるドアを開けた。

「ちょ、ちょっと、円佳さん、どういうことですか……っ？」

拓海は彼女の背後に声をかけるが、円佳は振り返りもしなかった。

仕方がないので、彼女の後をついていく。

（いったい何だっていうんだ？　円佳さん、何を考えているんだ？）

拓海はただただ混乱するばかりだった。

2

（ここって女子更衣室じゃないか……）

円佳に連れられて入ったのは、男が決して足を踏み入れてはならない場所だった。

多くのロッカーがずらりと並び、部屋の作りは男子更衣室とかわらない。

しかし、女性特有のなんとも言えない甘い香りが漂っていた。

「…………」

円佳は手頃なロッカーの前に佇むと、ちらりと拓海のほうを見た。

表情は少しムスッとしている。

「円佳さん……あの……」

拓海が何を考えているのか聞こうとしたところで、彼女が大きく息を吐く。

「ホント、信じらんない……拓海さんもみんなも……私も……っ」

小さく叫ぶように彼女は言うと、突然、着ていたTシャツに手をかけた。

白い腹部が露わになって、拓海の心臓が跳ね上がる。

「ま、円佳さんっ、いきなりどうしたんですかっ？　……え？」

慌てたあとで意外なものを目にして呆然とした。

Tシャツをめくれば下着が出てくるものだと思っていた。

しかし、彼女の乳房には見慣れぬ薄布があてられている。

どう見ても水着だった。

（え？　これから泳ぐってこと？　マジで……？）

閉館時間は過ぎているが、プールの水は循環しているので入ることは可能である。
だが、そもそも閉館しているのだから、プールに入るのは違反のはずだ。
「あ、あの……もう閉館しているのでこれからプールっていうのは……」
「うるさいです」
ピシャリと言われてしまった。
円佳の不機嫌そうな様子にビクビクする。
だが、彼女は不機嫌というよりは、どこか緊張しているようだった。
(いったい、どういうことなんだろう……)
声をかけることもできずに、拓海は無言で彼女を見つめた。
その間に円佳はロングスカートを脱ぎ、完全な水着姿を披露する。
いつも見慣れたスイミングスクール用の水着ではない。
この前、ホテルでつけていた水着でもなかった。
(……ずいぶんときわどい水着だな……)
無地の真っ白なビキニは円佳の清楚な雰囲気によく似合っていた。
だが、問題は表面積と布を支える紐である。
(なんか……いろいろとはみ出ていて、隠すべきものが見えそうなんだけど)

ビキニのトップスは乳輪よりも一回り大きいくらいで、乳肌に沿って張っていた。

股間の布面積もやたらと小さく、少し動くだけで陰毛が見えてしまいそうだ。

秘園を覆う部分も幅が狭く、肉羽など今すぐにでもはみ出てしまうのではないか。

そんな心もとない布を肌に貼りつかせている紐も細い。

明らかに水泳用ではなく、性的目的用のそれだった。

「あ、あの……」

拓海が絶句し見惚れていると、窺うように円佳が言う。

「やっぱり、おかしいですよね、こんなの……私には似合ってないし」

「そ、そんなことないですっ。めちゃくちゃ似合ってますっ」

咄嗟に拓海は否定した。

虚を突かれたといった感で、円佳がビクンと肩を跳ねる。

「すごく似合ってますよ。白い水着が円佳さんの白い肌に馴染《なじ》んでいるし、普段は清楚なのにとってもセクシーで……っ」

混乱と興奮で自分が何を言っているのかいまいちわからない。

ただ、瞬時に思ったことを素直に伝えた。

すると、円佳は急に顔を赤くして、困ったような顔をする。

「あ、ありがとう……ございます……」

そのまま俯いてしまった。

（ああ、やっぱり円佳さん、めちゃくちゃかわいいな……）

男を惑わす魅力的なプロポーションだけでなく、内面までくすぐってくる。

改めて自分は彼女に惹かれているのだと自覚した。

「……大きくなってますね」

ふいに円佳が呟いた。

視線が向けられている先を見ると、すでに股間が大きなテントを形成している。

「あはは……円佳さんがあまりにも魅力的というか、エッチというか……」

最近はセックスどころかオナニーすらもしていなかった。

そのせいか、いつもよりも勃起の力が強い。

まるで円佳を誘うようにビクビクと脈動し、盛り上がりの頂点を揺らしてしまう。

「私のこんな姿で興奮してくれたんですね……はぁ、ぁ……」

円佳の顔に安堵と淫欲とが浮かび上がる。

彼女はゆっくりと膝をつくと、そっと股間に手を添えてきた。

細い指先が稜線をなぞり、頂点で円を描く。

「うあ……円佳さん、それ……」

「気持ちいいですか……うふふ、またビクビクしてる……」

円佳の瞳はすっかり濡れて、ぽってりとした唇が艶を放っていた。

双眸はしっかりとテントを見つめ、少しだけ開いたリップから湿った吐息を断続的に漏らしている。

指先だけでは物足りないとばかりに、今度は手のひらで弄ってきた。

芯の硬さを確かめるようにゆっくり前後に手を滑らせて、物欲しそうな顔をする。

「あぁ……いいですよね、直接触っても……？」

拓海がコクリと頷くと、円佳はすぐに短パンを脱がしにかかる。

パンツの腰ゴムごと指をひっかけて、ぐいっと膝まで引き下ろしてきた。

瞬間、ばね仕掛けの要領で剛直が飛び跳ねる。

「あぁっ、相変わらずすごいです……あぁ……」

円佳の瞳がさらに蕩ける。

熱い吐息が吹きかかり、それだけで勃起に甘やかな愉悦がこみ上げた。

「あ、あんまり近づかれると……その、汚いですから……」

「そんなことないですよ……ああ、拓海さんのおち×ちん……」

円佳は恍惚とした様子でそっとペニスに指を巻き付けた。

少しだけひんやりとした指の感触に、たまらず肉棒は脈動する。

ぽっかり開いた尿道口から、卑しい透明液がにじみ出た。

「はぁ、ぁ……すごく熱いです……とっても硬い……」

両手を使って剛直を愛《め》でてくる。

肉幹をなぞっては手筒で擦過し、膨れ上がった亀頭の表面を撫でてきた。

さらには陰嚢を手のひらで包んで、優しい手つきで揉んでくる。

「ここ、パンパンで重いです……いっぱい出してくれそう……」

「そんな違いますか？　実は……あの日以降、まったく射精してなくて……」

口に出していいのか迷ったが、ここは素直に言ってみた。

円佳の瞳が少し大きくなる。

「あの日からって……一人でもしていないんですか？」

驚く円佳にコクリと首を頷かせた。

「そんなのダメですよ……苦しいでしょうに……ああ、そのせいなんですか？　おち×ちんの先からいっぱい出てきています……」

勃起が脈打つたびに先走り汁があふれ出た。

いつの間にか根元までベトベトに汚れている。

それが円佳の美しい手に絡みつき、くちゅくちゅと卑猥な音を響かせていた。

「したくなかったんですか？　エッチなこと……あんなにいっぱいしてくれたのに」

「したくないというか……あの一件で申し訳ないやら自己嫌悪で……エロいことをしちゃいけない気がして」

予想外とはいえ、３Ｐの現場を見せつけてしまったのは拓海の落ち度だ。

円佳を傷つけてしまった負い目から、自慰も控えていたのだ。

そんな拓海に、円佳が優しい視線を向けてくる。

「……オナニーくらい我慢しなくていいんですよ。私だってオナニーくらいするんですから」

さも当たり前のように円佳は言った。

しかし、拓海にとっては衝撃的な発言だ。

「え？　円佳さんが……オナニーするんですか？」

「ええ……拓海さんと連絡とらなくなった間も……ずっと身体が疼いて我慢できなかったんです……」

普段の円佳ならば決して口にしないような話題である。

顔の紅潮はますます濃くなっていた。きっと淫欲で理性が崩れかかっているのであろう。

「一人でしているとき、いつも拓海さんとのエッチを思い出していたんですよ……最初のホテルでのこととか、私の家でエッチしたこととか……こうやっておち×ちんを触ったり、シコシコしたり、あとは……」

そこまで言った瞬間、肉棒の裏筋を熱く蕩けた軟体が触れてきた。

円佳が大胆に舌を晒して、剛直を這ってくる
「こんなふうに舐めて、しゃぶって、じゅぽじゅぽすることとかを考えていたんです……んは、ぁ」

「ううっ……円佳さん……っ」

拓海の呻き声に、円佳が嫣然《えんぜん》と微笑んだ。

蠱惑的な振る舞いに、牡欲のボルテージが一気に増す。

「はぁ、ぁ……ずっと欲しかったんです……本当はもっと早く連絡しようと思っていたけど、いろいろと私も考えちゃって……けど、やっぱり私、拓海さんが……」

円佳がぽっかりと口を開けたと思った刹那、肉棒が一気に飲み込まれた。

強烈な愉悦が襲ってきて、たまらず天井を仰いでしまう。

「んあ、ぁ……好きなんです……拓海さんも、拓海さんのおち×ちんも……んぐっ、うっ」

その言葉が嘘ではないとでも言うように、円佳は最初からスパートをかけてくる。
拓海の腰に手を回し、粘膜で苛烈に肉棒を扱いてきた。
静かすぎた更衣室内に、はしたない水音が響き渡る。
(ヤバいっ……いきなり激しくフェラされたら……っ)
自慰すらも控えていた肉棒には、あまりにも刺激が強すぎる。
急速に射精欲求がこみ上げて、ペニスが忙しなく脈動した。
肛門付近に力を入れるも、こらえられる自信はない。
「円佳さんっ、ダメです……そんなにされたら出てしまいますっ」
「だからですよっ、出してくださいっ……このまま私に飲ませてぇ……!」
円佳は必死にフェラチオを繰り返す。
唾液が泡立ち、豊満な乳肉に滴り落ちた。
(ううっ……もう無理だっ……我慢できないっ)
股間の奥底が爆発する一歩手前まで追い詰められた。
その時だった。

「ちょっと！　抜け駆けするなって言ったでしょ！」

シャワー室側の入り口から怒気を含んだ声がした。

ギョッとしてそちらを見る。

柚希が目尻をつり上げていた。

「なんで簡単に約束を破るのよっ。もう信じらんない！」

叫ぶように言いながら、こちらにズンズンと歩いてくる。

（え……柚希さん、さっきまで普段通りだったのに……）

今夜のクローズ担当は拓海と柚希だったが、円佳が来るちょっと前に施錠確認してくると言って、そのままどこかへ消えてしまっていたのだ。

（しかし……柚希さんもすごい水着を着ているな……）

彼女は黄色いビキニを着用していた。トップスは乳房を大きく覆っていて、下腹部もしっかり隠されている。

だが、よくよく目をこらすと、とんでもないデザインであることがわかる。

トップスもパンツも隠すべきところに申し訳程度の布があるだけで、乳肉や恥丘は極めて大きな編み目になっていた。美しい褐色肌が、異常なくらい露出している。

「早く拓海くんから離れなさいよっ。いつまでもおち×ちんしゃぶってるんじゃないわよっ」

目の前までやってきた柚希は、仁王立ちして円佳を見下ろす。

一方の円佳は、肉棒を咥えたままでキッと柚希を睨みつけていた。

「イヤですっ、離れません。このおち×ちんは私だけのものなんですっ」

「それはあなたが決めることじゃないでしょ！」

怒りが頂点に達したのか、柚希はロビーにまで響きそうなほどに怒鳴りつけてきた。

(何だ……いったい何なんだ……？)

話の筋がまったく見えず、拓海の混乱は増すばかりだった。

「もう……何をそんなに大きな声出しているんですか？」

今度は絢葉が現れた。

彼女はため息をついて呆れたような顔をする。

同時に拓海は彼女の姿に呆気にとられた。

(絢葉さん……それはおっぱいを強調しすぎなんじゃ……)

彼女の水着はワインレッドの色をしたレオタード型のものだった。

肩から胸の部分は細紐になっていて、下腹部はハイレグになっている。

彼女の体型に対しては小さいサイズのように思われた。

全体にぴっちりしていて、女体への食い込みが艶めかしい。

なにより、胸部の盛り上がりと谷間がたまらなく煽情的だ。

（こうやって見ると、すごい光景だな……しかも、みんながみんな、おっぱいが大きいし……）

三人が一カ所に集まると、女の匂いが濃くなった。

魅惑のフレグランスに頭がクラクラとしてしまう。

「とりあえず、早くみんなでプールに行きましょう？　話はそれからです」

絢葉が円佳と柚希、拓海をそれぞれに見て促してくる。

さすがに円佳も絢葉には反抗しなかった。

彼女はゆっくりと肉棒を口から離すと、口元を拭いもせずに再び柚希と対峙《たいじ》する。

二人の間に険悪な空気が流れていた。

敵意の視線がぶつかり合って、バチバチと火花が散っている。

（ええ……なんでこんなに仲が悪いんだ……）

うかつに立ち入ってはいけないと感じ、拓海は少し後ずさった。

「拓海さんは水着はあるかしら？」

絢葉が微笑みながら尋ねてきた。

二人とはうってかわって、柔らかい雰囲気を醸し出している。

「いえ……そんなもの、持ち歩いたりしていないので……」

自分の担当は施設内の雑務であって、プールに入るような仕事は無い。

「そうですか……そうすると……」

絢葉は少しだけ考えると、何かを思いついたとばかりにニヤリとした。

「拓海さんは全裸で、ってことにしましょうか」

「えっ？　僕だけがですか？」

驚く拓海に、絢葉はコクリと頷いた。

「はい。私の家でも、いつもそうじゃないですか」

「いつもそう……？」

絢葉の言葉に円佳が素早く反応する。

きれいに整えられた眉がピクリと動いた。

(マズいな……また険悪な雰囲気になっちゃうぞ)

強引にでも雰囲気を変えねばと思った。

拓海は半ばやけくそになって、残っている衣服を脱ぎ捨てる。

完全に裸になってから、三人に向かって言った。

「プールに行きましょう。僕、ここのプール使ったことないから楽しみですっ。ほら、みんなも早くっ」

我ながら頭の悪い言動だと思いつつも、こうすることしか思いつかない。

三人はそれぞれに呆気にとられた様子だったが、すぐに絢葉と柚希が続いてきた。

「円佳さんも。ほら、早くっ」

拓海は振り返って、突っ立っている円佳を呼ぶ。

「あ……ああ、待ってください……っ」

我に返った円佳が小走りでやってきた。

(……プールといいつつ、絶対に泳ぐだけじゃ終わらないよな。いったい、三人とも何を考えているんだろう……)

卑猥な美女三人に、拓海の疑問は消えなかった。

3

誰もいない夜のプールはなんだか不思議な感覚がした。

普段は多くの人で騒がしいのに、今はしんと静まりかえっている。

（……なんでプールサイドにこんなものを広げているんだ？）

拓海は足下に置かれた代物を見て首を傾《かし》げた。

子供のスクール生が遊戯時間に使うビニールマットが敷かれている。

それも二枚をくっつけて並べられていた。

「さぁ、拓海くん、泳ぎたいんでしょ？　とりあえず泳いできなよ？」

傍らから柚希が言ってくる。

「そっ、そうですねっ。じゃあお言葉に甘えて……」

拓海はプールサイドに腰掛けて、胸に水を何度か浴びてから入水《にゅうすい》する。

背後から殺気だった気配から早く逃げたいというのもあった。

（なんだか流されるままになっている気がするけど……とりあえず、五十メートル泳いでみるか）

どうせなので真ん中付近のレーンを使うことにした。

スタート台の真下で姿勢をとると、強く壁を蹴って前へと進む。

水泳方法は一番気持ちよく泳げるクロールにした。

大学に入ってからほとんど泳いでいないとはいえ、中高と水泳部に所属した経験は伊達《だて》ではない。

身体は感覚を覚えていて、軽やかに動いてくれた。

あっという間に二十五メートルを泳いで折り返す。

（いい感じだ……チ×コに水圧がもろに当たるのが気にはなるけど……）

守ったり固定するものがないので、ペニスは左右に激しく揺れていた。

勃起したまま泳いだら大変だろうな、とくだらないことを考えてしまう。

「ぷはっ……はぁっ、はぁ……」

五十メートルを泳ぎ切り、拓海は底に足をついて大きく呼吸する。

プールサイドからパチパチと拍手の音が聞こえてくる。

絢葉と円佳がこちらを見てニッコリとしていた。

「さすがだね、拓海くんは」

隣のレーンから柚希が近づき、言葉をかけてくる。

「まだいける？　今度は平泳ぎで並んで泳ごうよ？」

「はい、いいですよ」

久々に身体を動かしたことで、力が漲《みなぎ》っている感覚があった。

どうせならもう少し泳いで、心地よい疲労感に浸りたい。

柚希とタイミングを合わせてスタートする。

元水泳部の意地とばかりに速度をつけるが、柚希も負けずに併行してきた。

だが、男と女、十代と三十代とでは体力が違う。

徐々に差は開いていき、二十五メートルに達したときには、もう柚希は後ろの方だった。

(よし、このままずっと引き離すぞっ)

拓海は水泳部時代のような気持ちで勢いよくターンして、スパートをかけようとした。

その瞬間だった。

「……えいっ!」

隣のレーンから柚希が飛びかかってきた。

驚いてその場に足をつく。

「な、何するんですかっ」

「何って……ナニするに決まってるじゃないの」

「はい? って、うあ、あっ」

柚希の手が瞬時にペニスに巻き付いた。

水の中で彼女の手は温かく、それがすぐに愉悦に繋がる。

あっという間にペニスは肥大し、あさましい反り返りとなってしまった。

「うふふ……もうこんなにして……さっき、泉さんにフェラされて、イきそうになってたもんねぇ」

不敵な笑みを浮かべつつ、手筒がゆるゆると前後に動く。

柚希の手淫は巧みだった。

雁首《かりくび》から根元までを丹念に扱いてきて、絶妙なタイミングで強弱を繰り返す。

「先っぽヌルヌルしてきた……水の中でもよくわかるものなのね……」

尿道口付近を指の腹でクリクリとされてしまう。

拓海の全身に甘やかな痺れが広がった。

「柚希さんっ……こんなところでそれは……っ」

「んふふ……更衣室で泉さんにはフェラさせといて？　それなら、ここでおち×ちん弄られても同じことじゃないの」

柚希はそう言うと、ぴったりと身体をくっつけてくる。

むにゅりと豊乳が柔らかく変形した。

編み目の大きなところから、褐色の乳肉がはみ出ている。

「ほら、揉んでぇ……もう直接触ってもいいんだよ。こんなのつけていたって、裸とほとんど同じなんだから……」

柚希の瞳には淫欲の炎が揺れ始めていた。

唇から漏れる吐息は甘ったるくて、肌に触れるだけで酔ってしまいそうだ。

「なっ、何してるんですかっ！」

プールサイドから円佳が甲高い声で叫んでいる。

なんとか止めようとうろうろしていた。

だが、プールへは入ってこようとしない。

「……泉さんはここまでくる勇気がないのね。悪いけど、そこで眺めていてもらうから」

柚希が勝ち誇ったような様子で声を上げる。

(最初からそのつもりだったんだな……)

円佳がここまで来れないことは織り込み済みだったのだろう。

「柚希さん、さすがにやり方がずるいですよ……？」

「んふふ……それはその通りだけど……でもね」

柚希が拓海の鎖骨付近を舐めてくる。

熱く蕩けた粘膜が、水で冷えた肌には心地いい。

少しのこそばゆさも感じて、拓海は情けない呻き声を漏らしてしまう。

「私だってずっとしたかったんだから……いつもおま×こ疼かせて、家でも仕事中でも濡れっぱなしだったんだよぉ……？」

柚希が拓海の手を取って、自らの股間に触れさせた。

「んあ、あっ……そう、これぇ……この感覚が欲しかったのぉ……」

甘ったるく呟いて、秘唇を押しつけながら腰を振る。

ビキニのパンツは姫割れのみが隠れているような代物だ。

その唯一の布の部分が、ねっとりとした体液を滲ませている。

(すごい……どんどんあふれてくる……それに、とても熱い……っ)

「はぁ、ぁっ……ねぇ、もっと触ってぇ……中も弄ってぇ……」

辛抱できないと柚希は腰を円を描くように回し始める。

これ以上の行為は円佳に対して残酷すぎる。

しかし、こみ上げる劣情を抑えることはできなかった。

(うぅ……円佳さん、ごめんなさいっ)

心の中で円佳に詫びつつ、拓海は褐色美女の内部に指を侵入させた。

「あ、ああっ……入ってきたぁ……あ、ああぅんっ！」

指一本入れただけだというのに、柚希の反応は激しかった。

片手で肉棒をギュッと握り、もう片方の手で腕を掴んでくる。

(ああ、柚希さんの中、もうトロトロだ……っ)

隘路を作る媚膜は蕩けていて、絶えず蠕動し続けている。

四六時中濡らしていたというのは、嘘ではないのだろう。

(おっぱいも……乳首をこんなに硬くしてっ)

身体に押しつけられる柔乳の中で、ガチガチに硬い突起が確認できた。

よくよく見ると、トップスはすでにずれてしまい、編み目から肥大した乳頭がこぼれている。

拓海は空いている手で乳房を掴むと、飛び出た乳芽に指をかける。

「んあ、ああっ！　お、おっぱいも……はぁ、ぁっ、気持ちいい……っ」

柚希の身体がビクンと震える。

同時に牝膜がキュッと締まり、指を甘く包み込む。

(こんなに美人でエッチな人が、僕とのエッチを望んでいたなんて……っ)

男としての矜持が満たされ、胸の奥が熱くなる。

それはすぐに勃起へと繋がって、柚希の手の中で大きな跳ね上がりとなった。

「あんっ、もっと硬くなってきた……ああ、素敵ぃ……」

柚希はたまらないといった感で熱いため息を漏らすと、腰で留めていた水着の結び目を解いてしまった。

水の浮力で小さな網のようなものがプカリと浮かぶ。

「もう我慢できない……このままいいよね……？」

彼女の両腕が首の後ろへと回ってきた。

同時に両脚を腰に巻き付け、子どものように抱きついてくる。

「早く入れて……今すぐ私とセックスしてぇ」

クイクイと下腹部を動かして、姫割れが亀頭を探してくる。

すぐに泥濘が触れてきて、柚希の黒い素肌がピクンと震えた。

「好きなだけ突いていいからね……一番奥に出しちゃっていいんだからぁ……」

柚希の身体がじわじわと沈み始めた。

同時に肉棒は熱いものに包まれる。

甘やかな喜悦が全身に広がって、拓海はたまらず呻きを漏らした。

「ああっ……柚希さんの中……気持ちいい……っ」

久しぶりの蜜壺は、拓海の心身を震わせた。

柔膜は剛直に歓喜して、強弱交えての収縮を繰り返す。

肉棒を浸しているだけで、意識がぼんやりするほどに気持ちがよかった。

「はぁ、ぁぁっ……私もぉ、気持ちいい……やっぱり拓海くんのおち×ちん、とっても好きぃ……」

しがみつく柚希は四肢を断続的に痙攣させている。

意識的なのか無意識なのか、膣奥をグッグッと押しつけてきた。

コリッとした子宮口が亀頭を撫で、それだけで勃起は跳ね上がる。

「あんっ……中でビクビクしてる……はぁ、ぁ、ビクビクされるの嬉しい……っ」

感極まった声で柚希は言うと、巻き付けた腕と脚に力を込めた。

眼前には蕩けきった柚希の顔があり、夢を見ているように恍惚としている。

半開きになった唇からは舌が覗き、何かを求めるように蠢いている。

「ううっ……柚希さん……っ」

じっとしているだけでは物足りない。

拓海は彼女をしっかりと抱きしめて固定する。

根元まで埋まり込んだ肉棒をググッと押し上げた。

「ひあ、あっ！　あ、ああっ、そ、そこが……ああっ、ああっんっ！」

柚希の特に感じるポイントはすでに把握している。

拓海はそこに目がけて亀頭を何度も押しつけた。

「そこダメっ！　そこは弱いの……ああっ、ダメぇええっ！」

柚希の中で快楽が炸裂し、拓海にしがみつきながら激しく悶える。

（めちゃくちゃ感じてるな……なら、これをすればもっと……）

拓海は駅弁スタイルのまま、彼女の臀部に手を回し、上へと持ち上げた。

肉棒が中腹ほどまで抜き出されてから、今度は一気に引き寄せる。

「んああ、ああっ！　それ、もっとダメなのっ！　うっ、ぐうぅっ！」

柚希は目を見開いて絶叫した。

広大なプールの中にはしたない悲鳴が響き渡る。

（水の中だから激しくはできないけれど、浮力のおかげで楽にできる。このままずっと続ければ、柚希さんもイってくれるはず……っ）

拓海は肉棒を押し上げながら、何度も同じことを繰り返した。

案の定、柚希はますます乱れてしまい、額やこめかみからは汗の雫を垂らしてしまう。

ギリギリと拓海の肩や背中に爪を立て、必死に快楽を受け止めていた。

「はぁ、ぁっ、ああっ！　拓海くんっ、ああ、拓海くんっ！」

柚希は切迫した様子で叫ぶと、素早く唇を重ねてくる。

すぐに舌を伸ばして絡ませて、激しく唾液を攪拌《かくはん》してきた。

(柚希さん、めちゃくちゃ興奮してる……ああ、僕もたまらない)

漏れ出た唾液が顎を伝って水面へと垂れていく。

下品だと思うがやめられなかった。

むしろ、もっと垂らしてしまおうとすら思う。

「はぁ、ぁっ……イヤぁっ、このままじゃ私……ああ、ぁっ！」

キャラメル色の素肌が細かく震えて、一瞬で鳥肌と化した。

媚膜がキュウキュウと勃起を締め付けて、やがてはうねりを見せ始める。

「柚希さん、我慢しないでくださいっ。イってくださいっ、イく姿を僕に見せてっ！」

柚希の腰をしっかり摑んで、最奥部に肉棒をねじ込んだ。

瞬間、彼女の顔は驚愕の表情で固まる。

「ひっ、いいっ！　イ、イくっ、イくぅぅ！　あ、ああぅっ！」

褐色の身体が跳ね上がり、背中が折れそうなほどに上半身が反り返る。

濡れた豊乳がぶるんと揺れて、水の雫を弾き飛ばした。

(柚希さん、大丈夫か？　一回目のイきっぷりがいつも以上に激しいぞ)

今までならば連続して絶頂させていたのだが、今の彼女の様子を見るに、それは酷なように思ってしまう。

「うふふ……相変わらずすごいですね、拓海さんのセックスは」

いつの間にか絢葉が傍らに立っていた。

真っ白な身体はほんのりとピンク色に染まっている。

目元には熱っぽさが感じられ、瞳はすっかり濡れていた。

「あ、絢葉さん……」

「ねぇ、次は私として？　私だってあの日以来、ずっと我慢していたんですよ？」

そう言って豊かすぎる乳房をぴったりと密着させてきた。

「アソコもずっとヌルヌルしてて……どうしようもないんです」

甘ったるい吐息とともに、そんなことを囁いてくる。

まだ射精していない勃起には、あまりにも刺激的な言葉だった。

柚希の蜜壺の中でビクンと跳ね上がってしまい、果てた余韻に浸る彼女に「うあ、あっ」と声を出させてしまう。

「瀬名コーチは……とりあえず、コースロープに寄りかかっててもらいましょうか」

彼女はそう言うと、プールのレーンを区切るロープへと柚希を誘導する。

よほど絶頂が凄まじかったのか、柚希はコースロープを手にすると、そのままぐったりとしてしまった。

「ふふ……本当にガチガチ……太くてたくましくて……」

絢葉がねっとりとした口調で言いながら、細指で肉棒を摑んでくる。

「ううっ……ちょ、ちょっと休ませてください……柚希さんとしたばかりだから、少し体力が……」

「ダメです。待てません。それに……ほら、見てください」

絢葉が目配せした先を見て、ギョッとした。

円佳がものすごい形相でこちらを見つめているではないか。

(怒っている……んだよな。なんか、背後に炎が見える気が……)

「今、プールサイドで休まれては、絶対に泉さんに奪われちゃいます。そんなのは、さすがに私もイヤですよ……」

そう言って、さらに身体を寄せてきた。

「前戯もなにもいらないです。今すぐに私に入れて……お願いします」

吹きかかる吐息は、間違いなく発情した女のものだった。
拓海の牡欲がまた一段と沸騰してしまう。
（ああ、柚希さんに続き絢葉さんとのセックスまで……円佳さん、許してくれ……っ）
罪悪感がこみ上げるも、すぐに本能に打ち消されてしまう。
もう拓海の脳内は、目の前の美しい熟女を支配することでいっぱいだった。

4

すぐに挿入して欲しいと言っていたものの、拓海は絢葉からキスを求められた。
（絢葉さんの口もトロトロで熱い……ああ、すごく舌が動いてくる）
情熱的なキスにたまらず耽溺してしまう。
その間に彼女は肉棒に触れてきた。
そのまま扱かれるかと思ったが、絢葉は下腹部を密着させてくる。
むっちりとした太ももでペニスを跨ぐと、姫割れの部分を擦りつけてきた。
「あ、あぁっ……感じちゃいます……硬さも熱さもとってもいいです……」

続けられるキスはさらに激しくなり、柚希と同様に唾液を混ぜ合わせてくる。
絢葉が拓海の手を自らの肩に乗せさせた。
それが肩のストラップを外せという意味だと悟り、ゆっくりと滑らせる。
なめらかな肩を撫で、半ば無理矢理詰め込んだ乳肉にたどり着く。
彼女は何も抵抗してこない。
(おっぱいを出してもいいってことだよな……？)
拓海は慣れない手つきでやや強引に水着の胸部を引きずり下ろした。
瞬間、ブルンと圧倒的な大きさの乳房がこぼれ出る。
「んあ、あ……あぁんっ」
絢葉が甘い声を響かせた。
拓海はたまらず、揺れ弾む乳肉に手を伸ばす。
(ああ、何度揉んでもすごい……ふわふわで手がどこまで沈んでいく……っ)
柚希や円佳と比べて張りが弱い分、柔らかさは圧倒的だった。
押しつければ押しつけるだけ、指は蜜乳の中へと埋まっていく。
「はあ、ぁ……いっぱい揉んでいいんですよ。乳首も好きなだけクリクリしてぇ」
すっかり顔を赤くした絢葉が懇願してきた。

先ほど以上に身体は火照って、甘くて濃厚な香りが鼻腔を満たす。
絢葉に言われたとおり、硬く膨れた乳芽を摘まむ。
絢葉の腰がビクンと大きく揺れ、甘やかな嬌声がプール内に木霊した。
「ああ、んっ……そうです……もっといっぱい弄っててぇ……っ」
言われるがままに左右の乳首を同時に刺激した。
指で摘まんで転がして、弾いては押しつける。
「ううっんっ……ああ、感じちゃう……たまらないですぅ……っ」
絢葉の身体がビクビクと震え、ペニスにかかる股間からの圧迫が強くなる。
薄い生地からは濃厚な牝液が漏れていた。
水の中でも肉棒に絡みつき、化学繊維が擦れる感覚が腰の奥をしびれさせてくる。
（ああ、絢葉さんも何から何までいやらしい……どうしてこんなにエッチなんだっ）
拓海の吐息も乱れてしまい、絢葉の甘い吐息と混ざり合う。
濃厚な発情臭に意識はぼんやりとし始めていた。
「もう、入れちゃいます……ああ、これ以上はもう無理ですぅっ」
ハイレグを自らの手で横へとずらし、熟れた淫華を丸出しにする。
すぐに亀頭をはめ込んできた。

躊躇することなく、一気に股間を押しつけてくる。

「うあ、あぁぁんっ！　あ、あぁっ……すごい、大きぃぃ……っ」

普段は柔和な目を見開いて、そのままカタカタと戦慄いた。

絢葉特有のふわふわの粘膜が隙間なく勃起に絡みつく。

その愉悦に拓海は歯を食いしばった。

(ううっ……柚希さんとは違う気持ちよさで……ああ、絢葉さんのおま×こもたまらない……っ)

柚希の媚膜は強く機敏に締め付けてくるが、絢葉の媚膜は優しく包み込むような感覚だ。

卑しさの中にも母性を感じさせ、それが拓海を陶酔させる。

「ああ、拓海さん……後ろから突いてくださいぃ……」

絢葉はコースロープを摑むと、クッと双丘を突き出してきた。

臀部はTバックになっていて、水蜜桃のような尻が丸出しだ。

男を誘う卑猥な姿に煩悩は加速する。

「あぁっ、絢葉さんっ」

拓海は叫ぶと同時に、勢いよく肉棒を突き刺した。

「はあぅっ！　ああ、ああんっ、奥にっ……奥に来てますぅ！」

水の抵抗に逆らいながら、必死に腰を前後に振る。

柔膜が牝蜜と一緒になって肉棒に絡みつく。

擦れるたびに愉悦が走り、煩悩をどこまでも沸騰させてくる。

「絢葉さんはいやらしい人ですっ、悪い人ですっ。自分が経営しているプールでセックスして、こんなにはしたない格好でエッチな声を響かせてっ」

獣欲に火が点いて、拓海は淫らな熟女を詰《なじ》ってしまう。

それは絢葉の淫欲を刺激したのか、彼女の膣洞がキュッと締まる。

「ああっ、ごめんなさいっ、卑猥な女で、どこでも求める女でごめんなさいっ！」

喘ぎながら謝罪をし、同時に自ら結合部を押しつけてきた。

バチャバチャと激しく水が弾け飛ぶ。

男と女の激しい呼吸と牝鳴きがプールの空気を支配した。

水の中で揺れ動く乳房を手で救い、荒々しく揉みしだく。

それだけで絢葉の嬌声はさらに甲高さを増してしまい、徐々にその声は切迫したものに変化した。

「ああっ、ああぅんっ！　まって……待ってくださいっ、このままじゃ私、イっちゃいます……もうイっちゃいますっ！」

「イってくださいっ！　イくの好きですよねっ、ほらほらっ」

理性も忘れて卑猥な牝を貪った。

大量の汗を滴らせながら、熟膜を掘削する。

「ひいぃぃんっ！　ああっ、イくっ、イくぅううっ！」

牝の叫びを迸《ほとばし》らせて、絢葉の肉体が硬直した。

媚膜で肉棒を食い締めながら、ガタガタと震えを繰り返す。

拓海は勃起が外れないように、しっかりと最奥部にねじ込み続けた。

そのままの姿勢で絢葉が強《こわ》ばりから解けるのを待つ。

すると、遠くの方からこの場には似つかわしくない声が聞こえてきた。

(泣き声……？)

拓海はハッとして、さっきまでいたプールサイドに目を向ける。

円佳が手をついて崩れ落ちていた。

ヒクヒクと肩を震わせて、顔をうつむかせている。

「ううっ……ひぐっ、ひぐっ……あぁあんっ」

すすり泣きはやがて完全な泣き声となり、プール中に反響した。

拓海も絢葉も柚希も、何が起きたのかとキョトンとするしかなかった。

5

「うぐっ……ふぇぇ……うぁぁん……っ」

泣き崩れる円佳を三人で囲っていた。

皆、それぞれに困り顔をして、どうしたものかと思案する。

「そんな……泣くことないじゃないの」

円佳の傍《かたわ》らにしゃがんだ柚希が、艶やかな黒髪の頭を優しく撫でる。

「だって……だってぇ……」

円佳はしゃくり上げながら、途切れ途切れに言葉を続けた。

「拓海さん……二人とあんなに一生懸命エッチして……私のことなんかすっかり忘れて……私にイかせるところを見せつけて……うぅ、ぅ……っ」

「要は悔しくてたまらなくなったってことですね……」

絢葉は頬に手を当ててため息をついた。

「泉さん、今夜はこうやって、みんなでエッチした上で拓海さんに選んでもらおうってお話だったじゃないですか。それはあなたも承知したでしょう？」

絢葉がとんでもない事実を口にした。

呆然とするだけだった拓海は衝撃に声を上げる。

「えっ？　なんですか、それ……っ？」

「今言ったとおりです。拓海さんには隠れて三人で話し合っていたんですが、こういう形で拓海さんに選んでもらうのが一番いいんじゃないかって話になって、それで……」

少し罰が悪そうに絢葉が言った。

「それなのに、泉さんが先に拓海くんのおち×ちんをしゃぶっちゃうから、私は怒ったの。ちゃんと順番も決めていたのに……」

呆れた様子で柚希が言った。

しかし、言葉とは裏腹に、円佳に寄り添ってはよしよしと宥《なだ》めている。

（なんだか……知らないうちにとんでもないことになっていたんだな……）

全員に振られたのだと思っていたのに、実際は三人で争っていたとは思わない。

自分の責任感のなさがこの事態を招いたのだから、恐縮するよりほかになかった。

「もう……方法は一つしかないですね。拓海さんはまだ射精してないですよね」

絢葉が何かを決心したように言うと、拓海に視線を向けてきた。

彼女が言うように、今日はまだ射精をしていない。

更衣室で寸止めになったせいか、射精欲求が鈍くなっていた。

「そう……ですけど」

「じゃあ、今すぐ泉さんともセックスしてください。ここで今すぐに」

「えっ？　こんな状況でですかっ？」

予想外の言葉に度肝を抜かれた。

円佳は心理的につらい状態のはずである。

そんな状態でセックスをするなど、常識のある人間のすることではないのではないか。

（……そもそも、もう僕たちは常識人じゃないのか）

「……します。したいです、私もしたい、しなきゃ気が狂いますっ」

円佳がガバッと顔を上げて言い放つ。

大きな瞳は涙に濡れて、赤みを増してしまっている。

見ているだけで良心が痛んだ。

「と、言うことです……拓海さん、ちゃんとお相手してくださいね？」

絢葉がニッコリと微笑んできた。

柚希もニヤニヤしながらこちらを見上げてくる。

（仕方がない……円佳さんが求める以上は応えなきゃな……）

拓海はうなだれながらコクリと首を頷かせるのだった。


プールマットの上で拓海は仰向けになっていた。

目の前には円佳がいる。

純白のマイクロビキニを身につける姿は、卑猥さを感じると同時に美しい。

「はぁ、ぁ……あぁ……拓海さん……はぁ、ぁ……」

先ほどまで泣いていたはずなのに、今の彼女は完全に発情していた。

涙に濡れていた瞳は、今は淫欲で濡れている。

くしゃくしゃになっていた顔は、男に媚《こび》を売る女のものになっていた。

「円佳さん……きれいですよ。嘘じゃなくて、本当に……」

拓海がそう呟くと、彼女は嬉しそうに微笑んだ。

「私から入れちゃいますね……今すぐ入れないと、もう……」

パンツのクロッチはすでに脇へとずらしていた。

姫割れは蜜に濡れ、ぱっくりと開いているのが視認できる。

「はぁ、ぁ……拓海さん……あぁ、ぁ、はあぁぅうんっ！」

円佳は一気に股間を押しつける。

股間同士がぶつかると同時、グチュッと粘液の弾ける音がした。

「あ、ああっ……はぁ、あっ……かはっ……っ」

一気にすべてを挿入したせいか、円佳は目を白黒させてガタガタと震える。

乳暈だけを隠した乳房がふよふよと柔らかそうに細かく揺れていた。

(ううっ、すごい締め付けだ……熱もいつも以上で……これ、絶対に長持ちしないぞ……っ)

絢葉や柚希との性交では鈍かった射精欲求が、一気に近づいている予感があった。

突き入れているだけで快楽は凄まじく、怒張はビクビクと蜜壺のなかで脈動を繰り返してしまう。

「すごい……ですっ……中が全部広げられて……ああっ、はぁあんっ！」

円佳のほうからゆっくりと腰を振る。

それだけで甘やかな電流が全身を駆け抜けた。

「うぅっ……円佳さんっ、そんなに動かれると……ああっ」

拓海の訴えも空しく、円佳はさらに腰を振り立ててきた。

結合部からは愛液があふれて、グチュグチュと蜜鳴りを響かせる。

攪拌された淫液は白濁と化し、濃厚な淫臭を振りまいていた。

「はぁ、ぁ……すごいです……泉さん、積極的……」

「確かに……おとなしそうな顔して、こんなにも激しいなんて……」

円佳の乱れように絢葉と柚希が目を瞠った。

「拓海さんっ、気持ちいいですっ、気持ちよすぎるんですっ、止まらないですっ、あっ、止まらないのっ、動き続けちゃうぅ！」

腰を前後左右に振っては、円を描くようにくねらせる。

あらゆる動きで円佳は快楽を貪った。

そのあまりの熱烈さに、牡の欲求はいよいよ頂点に向かってしまう。

「ああっ、もう出ますっ、円佳さんっ、イきますよっ、出しますよっ」

「出してくださいっ！　いっぱい出してっ！　拓海さんを全部ちょうだいぃ！」

全身全霊の叫びが、拓海の本能を爆発させた。

渾身の力を持って、肉槍を突き上げる。

蜜壺の行き止まりと強《したた》かにぶつかった後、衝動がうなりを上げて噴き上がった。

「ひあ、ああっ！　熱いの！　ああっ、すごいのっ！　あっ、ああっ！　ダメっ、ダメぇえええっ！」

甲高い絶叫を響かせた後、円佳の身体が硬直した。

豊かな乳房を突き出して、おとがいを天井に向けながら、叫ぶ形で口を開け続けている。

白い肌からは珠《たま》のような汗が大量に吹き出して、なめらかな曲面を滴り落ちる。

壮絶なまでの絶頂だった。

(ああ、まだ出る……うう、どれだけ溜まっていたんだよっ)

射精は普段よりも明らかに長かった。

ビュッビュと噴き上がるたびに、彼女の身体がビクンと跳ねる。

射精の勢いだけで感じているようだった。

「はぁ、ぁっ……あくっ、はぁ……あぁ……」

やがて絶頂から戻った円佳が、脱力して倒れてきた。

汗まみれの身体はとても熱くて柔らかい。

拓海には性欲の代わりに愛おしさがこみ上げていた。

「はぁ、ぁ……円佳さん……」

「んぁ、ぁ……拓海さん……んんっ」

ぼんやりした瞳で見つめ合い、どちらからともなく口づけする。

同時に舌を差し出して、ねっとりと絡め合う。

絢葉と柚希からの羨望と呆れの視線を無視するようにして、二人は長くつながり続けた。

6

季節はすっかり秋の気配を強くしていた。

うだるような暑さは鳴りを潜め、朝と夜は肌寒さを感じるくらいだ。

しかし、拓海が住むアパートの部屋だけは、夏よりも暑い空気に満ちていた。

「んあ、ぁ……拓海さん、もっと吸ってください……ほら、今度はこっちもですよぉ」

ベッドで横になる拓海の顔に、柔らかくて温かいものが押しつけられる。

甘い香りを放つ圧倒的な質量は円佳の乳肉だ。

「はぁ、んんっ……そうです……好きなだけちゅーちゅーしてくださいね……このおっぱいは拓海さんだけのものなんですからねぇ……」

円佳は甘ったるく呟くと、拓海の頭を抱えて、赤子をあやすように頭を撫でる。

少しだけ恥ずかしいが、幸福感がものすごかった。

「ふふっ、拓海さん、赤ちゃんみたいですね……もっとも、こっちは大人の男性っていうよりは牡って感じですけれど……」

「本当に……こんなにぐちょぐちょにして……私のおっぱいもオーナーのおっぱいも、もうヌルヌルじゃないの……」

卑猥な言葉を漏らすのは、絢葉と柚希だ。

二人とも見事な巨乳を丸出しにして、肉棒を挟んでいる。

(顔もチ×コもおっぱいまみれで……こんなに幸せでいいんだろうか)

プールでのセックス競争は、結局円佳の勝ちという形で終わった。

拓海は今、彼女とは恋人関係となっている。

幸い、彼女の子どもも拓海を年の離れた兄のように慕ってくれていた。

だが、円佳は思うところがあったのか、拓海を独り占めしなくていいと言い出した。

奪われる辛さは自分が一番よくわかるから、という理由だ。

だが、そのせいで一つだけ変わったことがある。

(円佳さんとはもちろん、絢葉さんや柚希さんとも相変わらずセックス三昧《ざんまい》なのは嬉しいけれど……三人一緒にってことまで追加されるのはさすがに体力が……)

三人それぞれに求められるだけでなく、一緒に求められることが頻発していた。

今がまさにそれである。

(昨日も円佳さんとしたっていうのに……円佳さん、性欲が底なしすぎるんじゃないのか……？)

円佳の子どもの件は円満な形で終結し、親権は円佳のままとなった。

尽力したのは絢葉だった。彼女は知り合いの優秀な弁護士を紹介し、弁護料まで肩代わりしたのだという。

(柚希さんも……離婚が決まったと同時に、ますます積極的になって……まぁ、円佳さんとめちゃくちゃ仲良くなったみたいだから嬉しいけれど……)

柚希は晴れて離婚が決定し、今まで以上に明るくなった。

ただし、拓海とのセックスも激しさを増し、拓海の体力を減らす一因になっている。

大きな変化は円佳との関係だ。

プールの更衣室で睨み合っていたのに、今では実の姉妹かそれ以上に仲良くなっている。

もっとも、ちょっと仲が良すぎるところもあるのだが……。

「円佳ちゃん、私にもおっぱい吸わせてぇ……」

「もちろんですよ……でも、私は柚希さんとキスがしたいかも……」

「それなら先に……んちゅ、ん……」

拓海の真上で濃厚なキスを始めてしまう。

柚希の褐色の身体が、円佳の白い身体と密着した。

その対比の美しさに、たまらず勃起が跳ね上がる。

「あら、もうおち×ちん我慢できないんですね。んふふ……相変わらずかわいいですね……」

絢葉が肉棒をゆるゆると扱きながら、濃厚な口づけを施してきた。

彼女の現状は以前と特に変わっていないが、この関係がよほど気に入ったのか、毎日がとても幸せそうだ。

たまには皆を自宅に招いて泊めさせてくれたりもする。

もちろん、その場合は朝まで淫らに過ごすことになるのだが。

「どうします？　今日は誰と先にセックスしますか？」

絢葉がねっとりとした口調で尋ねてきた。

円佳と柚希がキスをやめ、期待に目を光らせこちらを見てくる。

「え……えっとぉ……そうだなぁ……」

(いつものことだけど……そんなの決められるわけがないじゃないかっ)

三人それぞれの魅力が強すぎて、セックスの順番など決められない。

拓海が考えあぐねていると、三人が顔を突き出してくる。

「誰から?」

三人が同時に尋ねてきた。

「じゃ、じゃあ……今日は……っ」

拓海が咄嗟に上げた名前に、喜びと無念が入り交じる。

しかし、皆が皆、幸福を感じていることに違いはなかった。


(了)

※本作品はフィクションです。作品内に登場する
団体、人物、地域等は実在のものとは関係ありません。

巨乳《きょにゅう》ハーレムプール
〈書き下ろし長編官能小説〉
2023年9月26日初版第一刷発行

著者……………………………………………… 羽後 旭

デザイン…………………………………………小林厚二

発行人……………………………………………後藤明信
発行所………………………………株式会社竹書房
〒102-0075 東京都千代田区三番町8-1
三番町東急ビル6F
email：info@takeshobo.co.jp
竹書房ホームページ http://www.takeshobo.co.jp
印刷所…………………………中央精版印刷株式会社

■定価はカバーに表示してあります。
■落丁・乱丁があった場合は、furyo@takeshobo.co.jp までメールにてお問い合わせください。